First published in Japan in 2007 by HAKUSENSHA, INC., Tokyo.
French language translation rights in France arranged with HAKUSENSHA, INC., Tokyo
through TOHAN CORPORATION, Tokyo

Supervision éditoriale : Akata

Dépôt légal : septembre 2008. I.S.B.N. : 978-2-7560-1507-1

Traduction : Yuko K.
Adaptation : P.O.M.
Relecture et corrections : Éléonore Cribelier
Adaptation graphique : Tomiko Suzuki
Conception graphique : Trait pour Trait

Imprimé et relié en décembre 2008
sur les presses de l'imprimerie Aubin, à Ligugé.

www.akata.fr
www.editions-delcourt.fr

Plongez dans l'univers poétique de Natsuki Takaya l'auteur de *fruits basket*

Recueil composé de cinq nouvelles

Atsushi, ténébreux chanteur d'un groupe pop, a la réputation d'être froid et arrogant envers ses camarades de lycée. Mais les apparences, comme souvent, sont trompeuses... La charmante Anzu, qu'il avait croisée au collège, n'a quant à elle jamais hésité à lui adresser la parole. Mais depuis qu'elle a été victime de brimades, la jeune fille a perdu sa joie de vivre. Atsushi décide de lui redonner confiance grâce à la musique. Parviendra-t-il à lui rendre son si précieux sourire ?

AKATA
akata.fr

DELCOURT

DÉJÀ DISPONIBLE EN LIBRAIRIE

Il était une fois
la Cendrillon
des temps modernes...
LOLLIPOP
RICACO IKETANI
1
LOLLIPOP
RICACO IKETANI
ÉDITIONS DELCOURT
Le nouveau joyau de Cookie*
DISPONIBLE LE 13 NOVEMBRE
DELCOURT
AKATA
akata.fr
*magazine de prépublication édité par Shueisha
TRAIT POUR TRAIT BITO LOLLIPOP © 2006 by Ricaco Iketani / SHUEISHA Inc.

SUBARU

Subaru est une petite fille qui, contrairement aux autres enfants de son âge, prend rarement le temps de jouer. À la fin des cours, elle se rend à l'hôpital où elle retrouve son frère, qui souffre d'une tumeur cancéreuse au cerveau. Chaque jour, elle lui raconte sa journée en dansant. Mais ce dernier décède et, pour la petite fille, le traumatisme est si grand qu'elle ne trouve de répit que dans la danse... Devenue femme, Subaru a fait de la danse un mode de vie et enrichit la maîtrise de son art par la pratique de danses plus contemporaines. Sa liberté d'esprit et son audace ne font néanmoins pas bon ménage avec le conservatisme du monde de la danse classique.

***Subaru* de Masahito Soda**
Série en cours ; 224 à 256 pages n&b.

SING "YESTERDAY" FOR ME

Le décor est celui d'une petite supérette ouverte jour et nuit, à Tokyo. C'est là que travaille Rikuo Uozumi, un jeune homme tout juste sorti de l'université. Sans grande ambition, il n'a rien trouvé, ou plutôt rien cherché à faire de mieux depuis qu'il a arrêté ses études. Le retour d'un ancien amour d'étudiant et l'arrivée tonitruante d'une jeune fille excentrique parviendront-ils à le faire sortir de sa léthargie ? Dans ce petit théâtre de quartier, c'est l'éternelle comédie des sentiments qui se joue…

***Sing "Yesterday" for me* de Kei Toume**
Série en cours ; 224 à 256 pages n&b.

EFFLEURER LE CIEL

Ery Ogawa est une lycéenne comme les autres, du moins en apparence. La jeune fille dissimule en effet son passé d'enfant prodige du patinage artistique. Sa passion, depuis longtemps éteinte, renaît lorsqu'elle surprend dans un parc un homme mystérieux en pleine démonstration sportive. Intriguée, Ery le suit jusqu'au club de patinage où il exerce son métier d'entraîneur. Motivée par le charme du très secret M. Kobayashi, Ery décide de se remettre au patinage.

***Effleurer le ciel* de Mari Okazaki**
One-shot ; 224 pages n&b.

SHIBUYA LOVE HOTEL

Au cœur de Shibuya, célèbre arrondissement de Tokyo bouillonnant de vie, se trouve le quartier de Maruyama-cho, où s'alignent sans complexe les *love hotels*, ces établissements spécialement conçus pour accueillir les couples d'amoureux.
Quatre jeunes filles vont venir se perdre à Shibuya, les unes espérant rencontrer l'amour, les autres panser leurs blessures... À travers le prisme de sentiments amoureux, Mari Okazaki porte sur le Japon contemporain un regard juste et original, et dépeint sa jeunesse, tiraillée entre idéal et réalité, avec élégance et tendresse.

***Shibuya Love Hotel* de Mari Okazaki**
Série en cours ; 224 pages n&b.

GOKINJO

Mikako et Tsutomu sont amis d'enfance, ils habitent le même immeuble, fréquentent le même lycée d'art : l'Académie Yazawa. Mikako rêve d'ouvrir sa propre chaîne de boutiques de vêtements ! Quand, un soir, Tsutomu rentre chez lui accompagné par une fille, le cœur de Mikako vacille... Quel est ce sentiment qu'elle ressent ? Malgré les sous-entendus de sa copine Risa, Mikako ne comprend pas. Voici une histoire touchante et drôle qui décrit les relations troublantes qui existent parfois entre des adolescents, quand amour et amitié se confondent.

***Gokinjo, une vie de quartier* d'Ai Yazawa**

Série complète en 7 volumes ; 192 à 224 pages n&b.

LAST QUARTER

Mizuki, lycéenne, tombe sous le charme d'Adam, un étrange musicien anglais, et décide de tout quitter pour le suivre. Malheureusement, la nuit de leur fuite, elle est victime d'un accident de voiture. Le même soir, la petite Hotaru est hospitalisée après avoir été renversée elle aussi. Les deux filles se rencontrent en rêve... puis dans la réalité. Mais Hotaru est bel et bien guérie et sortie de l'hôpital, alors que Mizuki a complètement perdu la mémoire (elle ne se souvient que d'Adam) et est enfermée dans la maison où elle a vécu une semaine avec Adam, sans pouvoir en sortir. Commence alors pour Hotaru et ses amis d'école une grande enquête...

***Last Quarter* d'Ai Yazawa**
Série complète en 3 volumes; 192 pages n&b.
1 coffret disponible.

JE NE SUIS PAS UN ANGE

C'est la rentrée au lycée Hijiri. Midori Saejima, que ses camarades ont affectueusement surnommé "l'ange Saejima", a été inscrite d'office à l'élection du comité des élèves par ses amis. Mais le jour où elle doit prononcer son discours de campagne, elle trébuche et s'étale sur la scène, dévoilant sa petite culotte à toute l'assemblée. Heureusement, Akira, le garcon dont elle est secrètement amoureuse, détourne l'attention avec des blagues et la sauve d'une humiliation certaine. Bien décidée à retourner cette triste histoire à son avantage, Midori décide de faire campagne en affichant dans l'école un dessin humoristique : " l'ange Saejima en petite culotte " !

***Je ne suis pas un ange* d'Ai Yazawa**
Série complète en 4 volumes ; 432 pages n&b et couleur.

Nana. Un même prénom pour deux jeunes filles aux caractères si différents et pourtant liées par une amitié quasi fusionnelle. Leur vie en colocation touche à sa fin et chacune semble prendre un chemin qui l'éloigne de l'autre... Nana Ôsaki part habiter avec Ren, son premier amour. Elle met toute son énergie dans son groupe Blast dont les débuts professionnels tardent. Quant à Nana Komatsu, elle tombe enceinte de Takumi, ce qui n'était pas prévu. Mais est-ce que chacune suit vraiment les voies qui mèneront au bonheur ?

Nana d'Ai Yazawa

Série en cours ; 192 à 288 pages n&b et couleur.
3 coffrets disponibles.

LOVELY COMPLEX

Un style résolument branché, des personnages hauts en couleur, un parfait dosage de sentiments et d'humour : *Lovely Complex* a tout pour devenir le prochain *shôjo* incontournable ! Risa, une grande perche, et Atsushi, haut comme trois pommes, sont les comiques involontaires du lycée à cause de leurs disputes légendaires. Tous deux complexés par leur taille, ils ont peur de ne jamais trouver l'amour... Et en font forcément des tonnes pour faire oublier leur mal-être ! Amour, rires et complexes : voilà le point de départ du shôjo le plus enthousiasmant du moment !

***Lovely Complex* d'Aya Nakahara**
Série en cours ; 192 pages n&b.

FRUITS BASKET

Tohru, lycéenne orpheline, est hébergée par la famille de ses camarades de classe Yuki et Kyô Soma. Mais ceux-ci dissimulent un lourd secret que la jeune fille ne tarde pas à découvrir : au contact d'une personne du sexe opposé, ils se transforment en l'un des douze animaux du zodiaque chinois ! Peu à peu, la gentillesse et la sincérité de Tohru apaisent les cœurs tourmentés. Mais pourquoi respectent-ils et craignent-ils autant leur jeune chef, le bel Akito ? Tohru parviendra-t-elle à comprendre le réel secret de cette famille et à lui apporter le bonheur ?

***Fruits Basket* de Natsuki Takaya**

Série complète en 23 volumes ; 192 à 224 pages n&b.
4 coffrets disponibles.

CATALOGUE MANGA

AKATA

CHEZ LE MÊME ÉDITEUR

DELCOURT

7. *Shônen Junc* (page 85)
Le magazine que lit Asuka renvoie au magazine de prépublication des éditions Shueisha, *Shônen Jump*. Destiné aux garçons, cet hebdomadaire a été créé en 1969 et est le *mangashi* le plus massivement diffusé dans le monde. À l'époque où *Dragon Ball* paraissait dans ses pages, il se vendait à plus de six millions d'exemplaires chaque semaine. Parmi les mangas qu'il a publiés et qu'il publie, on peut citer *Saint Seiya, Captain Tsubasa, City Hunter, Slam Dunk, One Piece, D.Gray-man, Bleach, Hunter x Hunter* ou encore *Naruto*.

8. *My passion* (page 111)
Jônetsu life, dans la version japonaise, est un clin d'œil à l'émission documentaire *Jônetsu taïruku* (que l'on pourrait traduire par "un continent passionné") diffusée en deuxième partie de soirée le dimanche sur TBS. Chaque semaine, l'émission consacre un portrait à une personnalité du monde sportif, artistique ou bien scientifique. Les caméras de *Jônetsu taïruku* peuvent suivre une personnalité pendant plusieurs mois, voire un an.

9. Grand frère (page 141)
Grand frère, *onî-san* en japonais, est un terme qui sert à marquer le respect envers un aîné, il peut être utilisé pour s'adresser aussi bien à quelqu'un de sa famille qu'à une personne qui n'en fait pas partie. En plus d'exprimer le respect, c'est un mot qui peut être chargé d'une forte connotation affective.
On retiendra qu'on peut employer ce terme pour interpeller un homme dont on ne connaît pas le nom car *onî-san* veut également dire "jeune homme".

10. Mitsuo Aida (page 167)
Mimio est un surnom qu'Aya Kanno donne au poète et calligraphe Mitsuo Aida, né en 1924 et mort en 1992. En 1984, il a publié son premier recueil de poèmes *Ningen damono,* "Parce que je suis un humain", qui s'est vendu à plus d'un million et demi d'exemplaires et a acquis de ce fait une grande renommée. En 1996, un musée qui regroupe tous ses travaux lui a été consacré à Tokyo.

11. Masutatsu Ôyama (page 195)
Masutatsu Ôyama, de son véritable nom Choi Bae-dal, était un karatéka coréen. Né en 1923, fondateur du *kyokushinkai,* un style de karaté qui se base sur un entraînement intensif, il n'a pas hésité à se mesurer à des taureaux pour tester sa force. Se contentant de leur briser les cornes du tranchant de la main, il a néanmoins tué trois des cinquante-deux taureaux qu'il a combattus.

3. *Love Tic* (page 15)
Love Tic est une parodie du manga *Parfait-tic !* de Nanaji Nagamu. Ce *shôjo* tourne autour d'un triangle amoureux composé de trois lycéens : Fûko, une joyeuse lycéenne, Daiya, un cancre charmeur et Ichi, un mauvais garçon introverti. Le titre du manga provient du français, en effet, pour évoquer la recherche de l'amour parfait, la *mangaka* a créé un néologisme sur le modèle du mot anglais "*romantic*" en ajoutant le suffixe *-tic* au mot "parfait", ce qui a donné en japonais : *Pafe chikku !*

4. *Newhalf* (page 40)
Ce mot qui se traduit par "nouvelle moitié" sert à désigner les transsexuelles et les travestis qui travaillent comme hôtesse dans les clubs ou les cabarets.

5. *Otomen* (page 57)
"*Otomen*" est un mot-valise créé à partir du mot japonais *otome* qui signifie "jeune fille pure" ou "princesse immaculée" et du mot anglais *men*, "hommes". Le mot *otome* s'écrit à l'aide du *kanji* 乙 (*oto*) qui veut dire "jeune" et du *kanji* 女 (*me*) qui signifie "femme". Cependant, dans sont titre, l'auteur a transcrit le mot *otome* différemment. Elle a remplacé l'idéogramme de la femme par celui de l'homme, 男 et au lieu de faire lire ce *kanji otoko*, l'auteur lui a donné la prononciation du mot anglais *men*. Le manga a eu un tel succès que le néologisme créé par l'auteur est entré dans la langue japonaise.
Ce n'est pas la première fois qu'un néologisme est inventé à partir du mot *otome*. Effectivement, après la Seconde Guerre mondiale, pour désigner tout ce qui est féminin et romantique, l'adjectif *otometic* est créé par dérivation en ajoutant le suffixe anglais *-tic* au radical *otome*.

6. *Neruton* (page 74)
Au Japon, il est souvent d'usage lorsqu'un garçon fait une déclaration d'amour à une fille que celle-ci lui propose d'abord de lier amitié avant de se mettre en couple afin de tester leurs affinités.
La petite image qui montre Asuka offrant une fleur à Ryô fait référence à une émission de rencontre, *Neruton Party*, animée par les Tunnels, un célèbre duo de comiques composé de Noritake Kinashi et de Takaaki Ishibashi. Lors de l'émission, une dizaine de filles et une vingtaine de garçons, portant tous un badge en forme de cœur avec leur numéro de candidat inscrit dessus, participent à tout un tas de jeux et d'épreuves afin de trouver l'âme sœur. À la fin de l'émission, les garçons font leur déclaration d'amour à la fille de leur choix et lui offrent une rose. Soit la jeune fille repart au bras de son soupirant, soit elle l'envoie sur les roses ; il est très fréquent qu'elle lui propose de devenir son ami.

CLÉS DE COMPRÉHENSION

1. Dan (page 10)
Le dan est un degré de qualification supérieur aux ceintures et qui atteste de la technique atteinte par les pratiquants d'arts martiaux. Les dan sont au nombre de dix et sont attribués selon un ordre décroissant, le dixième dan étant le grade le plus élevé.

2. *Fleurs et haricots* (page 13)
Fleurs et haricots, *Hana to mame* dans la version japonaise, est un jeu de mots avec le nom du magazine de prépublication des éditions Hakusensha *Hana to yume*, "fleurs et rêves" en français. Lancé en 1975, *Hana to yume* est un bimensuel qui prépublie les mangas de Natsuki Takaya (*Fruits Basket*), Saki Hiwatari (*Global Garden*), Nakajo Hisaya (*Parmi eux*), ou encore Yuki Kaori (*Angel Sanctuary*).
Les magazines de prépublication, *mangashi* en japonais, ressemblent à des annuaires téléphoniques. En moyenne, ils contiennent quatre cents pages ou six cents pages mais peuvent compter jusqu'à mille pages par numéro. Ils sont publiés sur du papier de mauvaise qualité afin de maintenir des bas tarifs, ils ne sont pas destinés à être conservés (ceci étant le rôle des *tankôbon*) et sont fortement segmentés par sexe et par tranches d'âge. Pour encourager les lecteurs à remplir les cartes pré-imprimées contenues dans les *mangashi* et à les retourner à la rédaction, on les récompense avec des *goodies*. Sur ces cartes, le lecteur indique quelle est sa série préférée, quelle est la série qui lui a le moins plu, dans quel genre de librairie il a acheté le magazine, il répond aussi à un questionnaire concernant ses goûts, etc. Les éditeurs se servent de ces enquêtes hebdomadaires pour dresser un palmarès des meilleures séries et se débarrasser, sans état d'âme, des mangas les moins bien accueillis. Ces enquêtes sont aussi une source importante d'informations sur le lectorat et permettent aux éditeurs de flairer certaines tendances de la société pour s'en servir dans les récits en cours ou à venir.
C'est en 1959 que sont nés les premiers magazines de prépublication hebdomadaires ; à cette époque-là, avec l'arrivée de la télévision (1953) et le baby boom, le manga était en plein essor, alors, les éditeurs japonais ont eu l'idée d'adapter le rythme de diffusion des épisodes de dessin animé au rythme de parution des mangas. Cette accélération du rythme de parution a été lourde de conséquences pour les *mangaka*, ils ne devaient non plus fournir entre vingt et quarante planches tous les mois mais toutes les semaines. Avant 1959, la réalisation d'un manga résultait d'un travail individuel, le *mangaka* concevait le scénario de son manga, en dessinait le premier jet et le mettait au propre lui-même. Avec la création des hebdomadaires, la réalisation d'un manga est devenu un travail collectif.

ÇA NE SE PASSE PAS SI MAL, EN FIN DE COMPTE
JE N'AVAIS PEUT-ÊTRE PAS BESOIN DE M'EN MÊLER
VIERGE
du 24 août au 22 septembre
AMOUR ♡♡♡♡♡
Votre vie sentimentale est placée sous les meilleurs auspices. Personne ne pourra perturber votre idylle !
TRAVAIL ☆☆☆
Ne vous laissez pas influencer par les autres. Restez fidèle à vous-même et tout se déroulera à merveille.
PORTE-BONHEUR
Une rose
COULEUR
Le noir
LIEU
Un parc d'attractions
LA PROCHAINE FOIS, ON REVIENDRA AVEC TACHIBANA ET ON FERA LES MONTAGNES RUSSES !
BONNE IDÉE !
BANDE DE NIGAUDS ! VOUS AVEZ RIEN COMPRIS !

CE SOIR ...
DIS ...
MIYAKOZUKA ...
TU CROIS ...
À LA VOYANCE ET À LA DIVINATION ?
J'AIME-RAIS ...
ASUKA ...
JE PENSE ...
QUE C'EST À NOUS DE DÉCOUVRIR NOTRE DESTIN !
JUSTE ...
LA CLASSE
QU'ON RESTE COMME ÇA, RIEN QUE TOUS LES DEUX ...

TON COMBAT CONTRE LE TAUREAU ...
M'A COMPLÈTEMENT ÉBLOUIE !
JE NE M'ATTENDAIS PAS À VOIR UNE LUTTE AUSSI MAGNIFIQUE !
C'ÉTAIT COMME DANS UN RÊVE !
ON AURAIT DIT QUE TU ÉTAIS MAS ÔYAMA(11) !
MAS ?
TU AS ÉTÉ SENSATIONNEL, ASUKA !
JE LE PENSE VRAIMENT !
AAH ...

ET EN PLUS, JE ME PRÉSENT DEVANT TOI DANS UN SALE ÉTAT
C'EST MINABLE ...
...
JE N'AI PLUS DE BOUQUET À LUI OFFRIR ...
LA PARADE A ÉTÉ ANNULÉE ...
TOUT ...
TOUT EST FINI
VOUS VOUS AIME-REZ FOLLE-MENT TOUS LES DEUX
ASUKA ...

TUTUUT
DISPERSEZ-VOUS, S'IL VOUS PLAÎT !
L'ENDROIT N'EST PAS SÉCURISÉ !
FINALEMENT, ILS ONT ANNULÉ LA PARADE
BROUHAHA
MIYAKOZUKA...
ON EN A QUAND MÊME EU PLEIN LA VUE
BROUHAHA
JE SUIS DÉSOLÉ
JE SUIS EN RETARD...

BOOONG

ZBAAASH
POP
ARGH !
ALLEZ, VIENS PAR ICI !
AH ...

AMÈNE-TOI !!
HEIN ?! MAIS QU'EST-CE ÇA VEUT DIRE ?
CE BEAU GARÇON VA ...
C'EST PEUT-ÊTRE UN NUMÉRO DE LA PARADE ?
C'EST QUI ?!

JE DEVAIS RETROUVER ASUKA À CET ENDROIT...
MAIS IL N'EST PAS LÀ
PAF
MOUHA?
AAAH!
MOUHHHH
TIN
TIN
!
DU ROUGE ?!

DÉSOLÉ POUR VOUS AUSSI ...
PRINCESSE MARIKO
MIYAKO-ZUKA ...
JE SUIS DÉSOLÉ !
TA
MAIS QU'EST-CE QU'IL FAIT ?!
IL COMPTE QUAND MÊME PAS ARRÊTER CE TAUREAU À MAINS NUES !
L'IMBÉ-CILE !
BOUM
!
AH
TACHIBANA ?

SI VOUS SUIVEZ MES CONSEILS À LA LETTRE ...
VITE, APPELLE LA SÉCU ...
OUAH !!
VOTRE BIEN-AIMÉE ET VOUS FILEREZ LE PARFAIT AMOUR
OUH LÀ ...
C'EST PAS POSSIBLE !
ÇA TOMBE MAL !
OOHH, ILS VONT BIEN FINIR PAR LE MAÎTRISER
J'Y CROIS PAS !
MAIS QU'EST-CE QU'IL SE PASSE ?
SURTOUT QUE LA PARADE A DÉJÀ ÉTÉ LANCÉE À L'AUTRE BOUT, À CE QU'IL PARAÎT
OUAH ...
KEN !!

TAC TAC
LE TAUREAU ?!
CALME-TOI, THUNDER !!
CLAT
ÉLOIGNEZ-VOUS !!
QU'EST-CE QU'IL T'ARRIVE ?!
AAH !
OUHA
QU'EST-CE QUI SE PASSE ?
ON DIRAIT QUE LE TAUREAU VOIT ROUGE

ME RETROU-VER DANS UN ENDROIT SI MERVEILLEUX ...
J'AI HÂTE ...
...
QU'ELLE SOIT LÀ
EN COMPAGNIE DE MIYAKOZUKA EN PLUS
AAAH !!
KASS

FFF FFR
C'EST À VINGT HEURES QUE LA PARADE COMMENCE ...
IL EST DIX-NEUF HEURES VINGT-CINQ
PLUS QUE CIN MINUTES
FFF FFR
CALME-TOI, DOUCEMENT !
QU'EST-CE QU'IL A CE TAUREAU ?
J'ESPÈRE QUE TOUT VA BIEN SE PASSER
BREF ...
BWA HA HA !
BWA HA HA, IL ME TUE, CE TAUREAU !
ÇA FAIT TELLEMENT LONGTEMPS QUE JE NE SUIS PAS ALLÉ DANS UN PARC D'ATTRACTIONS
ON A L'IMPRESSION ...
DE VIVRE DANS UN MONDE ENCHANTÉ

LA BEAUTÉ DU SPECTACLE LES ÉBLOUIRA ET DANS LA MAGIE DE L'INSTANT …
ILS SE LAISSERONT ALLER ET LEURS CORPS SE RAPPROCHERONT ♡
AUCUNE FILLE NE PEUT RÉSISTER …
À UN CADRE AUSSI ROMANTIQUE …
NI MÊME AU PRINCE CHARMANT EN PERSONNE
ENFIN, À MA CONNAISSANCE
LE MEILLEUR MOMENT DE LA JOURNÉE POUR UNE SORTIE DANS UN PARC D'ATTRACTIONS, C'EST BIEN LE SOIR ♡
JE ME DEMANDE SI CE N'EST PAS UN PEU TOO MUCH, LE COSTUME ET LES ROSES ?
MAIS BON, ÇA LUI VA TELLEMENT BIEN
IL GOBAIT TOUT CE QUE JE DISAIS, DU COUP, J'AI PAS HÉSITÉ À EN FAIRE DES TONNES
QUELLE ALLURE !
IL FAIT PARTIE DU PERSONNEL ?
C'EST SÛREMENT PAS UN VISITEUR
JE SUIS EMBARRASSÉ

ZOO NEED WORLD
TAP
TLING
LES ROSES ET LE NOIR SONT CENSÉS VOUS PORTER BONHEUR
C'EST POURQUOI, VOUS PORTEREZ UN COSTUME NOIR ET ACHÈTEREZ UN BOUQUET DE ROSES !

AH NON ...
JE COMMENCE À STRESSER
POURTANT, IL N'Y A PAS DE RAISON
GNII
COMME LA PRINCESSE ME L'A DIT ...
SI ON REGARDE LA PARADE ENSEMBLE, ON ...
VOUS ÊTES SÛRE DE VOUS ?
OUI, TOUT MARCHERA OMME SUR DES ROULETTES
AITES-MOI ONFIANCE !
AH !
ENCORE UNE CHOSE ...
C'EST À PROPOS DE VOTRE TENUE

OUI, PAR- FAITEMEN !
À DIMANCH PROCHAIN ALORS !
OUI !
...
ÇA Y EST, JE L'AI FAIT ! JE L'AI INVITÉE !
...
MAIS ALORS ...
MON DESTIN VA VRAIMENT CHANGER ?
ON VA PASSER LA SOIRÉE ENSEMBLE DANS UN PARC D'ATTRACTIONS ...
C'EST COMME SI ...
J'AVAIS UN RANCARD AVEC ELLE

J'AI RÉUS-SI …
ÇA TE VA, DIMANCHE PROCHAIN ?
OUI
YOUPI !
BO BOM
BO BOM BO BOM
VOUS IREZ DANS UN PARC D'ATTRAC-TIONS ET ANI-MALIER, LE ZOO NEED WORLD !
VOUS LUI DONNEREZ RENDEZ-VOUS À DIX-NEUF HEURES TRENTE, SUR LA COLLINE DU VAUTOUR
LA VUE Y EST SPLEN-DIDE !
ON IRA AU ZOO NEED WORLD
ET ON SE RETROU-VERA LÀ-BAS, À DIX-NEUF HEURES TRENTE, SUR LA COLLINE DU VAUTOUR
ÇA TE CONVIENT ?
SI VOUS CONTEMPLEZ ENSEMBLE LA PARADE ÉLECTRIQUE …
ALORS LA PASSION S'EMPARERA DE VOUS ET VOUS VOUS AIMEREZ FOLLEMENT TOUS LES DEUX

MI...
MIYAKOZUKA...
VOUS ALLEZ L'INVITER DANS UN PARC D'ATTRACTIONS !
OUI ?
EST-CE QUE...
TU VOUDRAIS BIEN...
ALLER DANS UN PARC D'ATTRACTIONS...
AVEC MOI ?
OUI

SI VOUS SUIVEZ MES CONSEILS À LA LETTRE ...
VOTRE BIEN-AIMÉE ET VOUS FILEREZ LE PARFAIT AMOUR
MAIS ...
...
SI VOUS NE VOUS DÉCIDEZ PAS À AGIR ...
QU'EST-CE QUE JE SOUHAITE, AU FOND DE MOI ?
ET MOI ALORS ?
ÉCOUTEZ-MOI BIEN ...
TAP
AH
ASUKA !
TOUT D'ABORD ...

BONJOUR CAPITAINE !
AH ! BONJOUR !
...
O.K., ALORS C'EST LA Mme SOLEIL DU MAGAZINE FLEURS ET HARICOTS
J'AI SORTI LE PREMIER NOM QUI ME PASSAIT PAR LA TÊTE
C'EST UN VRAI COUP DU HASARD
N'EMPÊCHE, JE NE M'ATTENDAIS PAS À ME FAIRE AGRESSER PAR DEUX CRAPULES
CROISONS LES DOIGTS !
JE VAIS ...
VOUS DONNER LE MOYEN ...
DE CHANGER VOTRE DESTIN

HOROSCOPE SCINTILLANT
TRAVAIL ★★★★★
La réussite est au rendez-vous, même dans les domaines où vous échouiez jusque-là. Soyez confiante et lancez-vous
challenges.
par Mariko la Princesse des fleurs
J'EN ÉTAIS SÛR !
Haricots
LE PETIT CANARD
CONCOURS DE DESSINS
NUMÉRO SPÉCIAL
D'HABITUDE ...
JE NE CROIS PAS À LA DIVINATION MAIS ...
DERRIÈRE VOTRE MASQUE D'HOMME VIRIL SE CACHE UN CŒUR TENDRE DE JEUNE FILLE
C'EST BIEN ELLE, JE RECONNAIS SON VISAGE !
J'AI RENCONTRÉ ...
LA PRINCESSE MARIKO EN CHAIR ET EN OS !

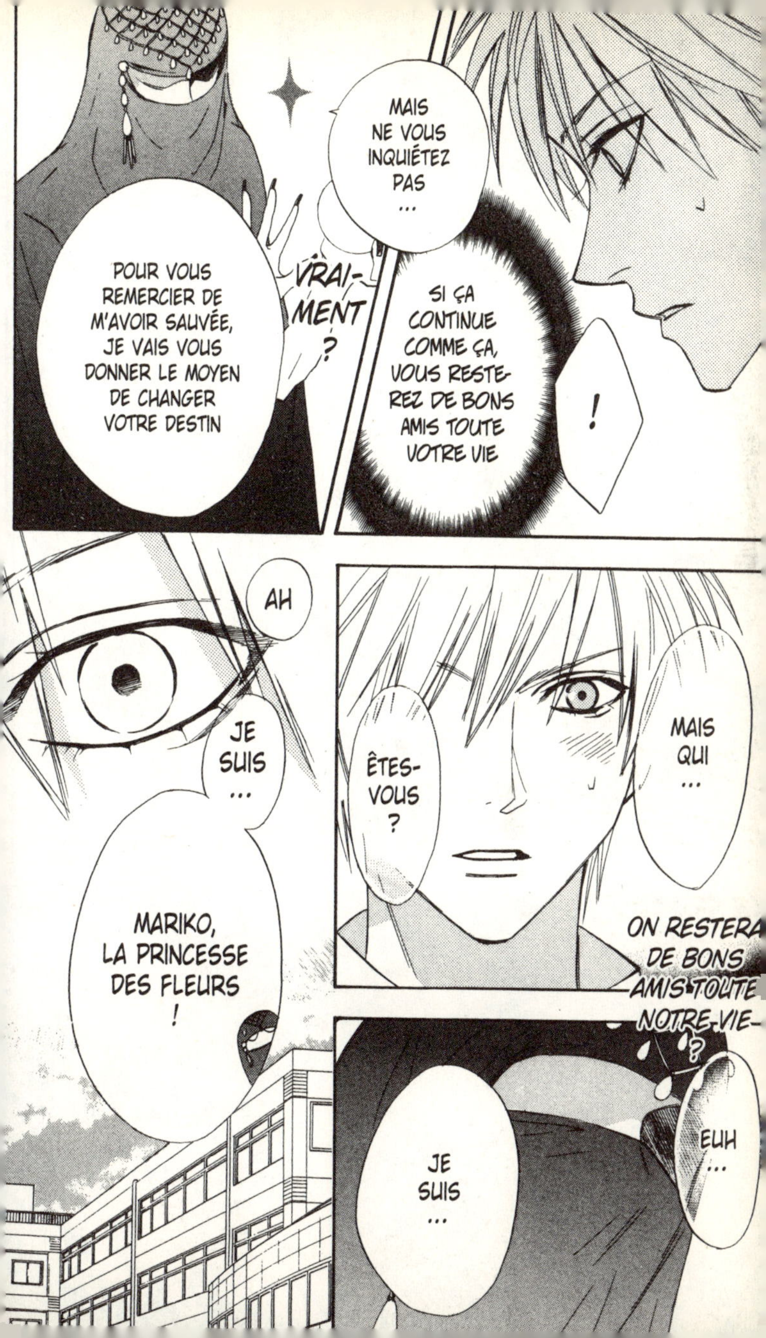
MAIS NE VOUS INQUIÉTEZ PAS ...
SI ÇA CONTINUE COMME ÇA, VOUS RESTEREZ DE BONS AMIS TOUTE VOTRE VIE
!
VRAI-MENT ?
POUR VOUS REMERCIER DE M'AVOIR SAUVÉE, JE VAIS VOUS DONNER LE MOYEN DE CHANGER VOTRE DESTIN
MAIS QUI ...
ÊTES-VOUS ?
AH
JE SUIS ...
MARIKO, LA PRINCESSE DES FLEURS !
ON RESTERA DE BONS AMIS TOUTE NOTRE VIE ?
EUH ...
JE SUIS ...

MAIS ELLE EST TOUTE FISSURÉE !
MINCE ! ÇA A DÛ ARRIVER TOUT À L'HEURE !
ÇA NE CHANGE RIEN !
J'AI DES DONS DE CLAIR-VOYANCE
DERRIÈRE VOTRE MASQUE D'HOMME VIRIL ...
SE CACHE UN CŒUR TENDRE DE JEUNE FILLE
!
MAIS !
CO... COMMENT VOUS SAVEZ ÇA ?!
HÉ HÉ
JE VOUS L'AI DIT, JE POSSÈDE DES DONS
ET JE SAIS QUE CELLE QUE VOUS AIMEZ FRÉQUENTE LE MÊME LYCÉE QUE VOUS
SI VOUS NE VOUS DÉCIDEZ PAS À AGIR ...
VOTRE AMOUR PÉRIRA !

EN CE MOMENT…
VOUS VOUS LANGUISSEZ D'AMOUR POUR QUELQU'UN, N'EST-CE PAS ?
DÉSOLÉ…
MAIS VOUS VOUS TROMPEZ
INUTILE DE LE NIER…
JE SAIS TOUT DE VOUS !
HEIN ?
TOUT ?
OUI !
VOTRE PASSÉ, VOTRE PRÉSENT ET VOTRE AVENIR. ET CECI, GRÂCE À CETTE BOULE DE CRISTAL

TA GUEULE, LE MÔME !
GRAND FRÈRE !!
ON SE REVERRA !
JE SOUFFRE
ÇA VA, MADAME ? VOUS N'AVEZ RIEN ?
MERCI DE M'AVOIR SAUVÉE !
JE VOUS EN PRIE. IL FAUT QUE J'Y AILLE, MAINTENANT...
J'AI UN ENTRAÎNEMENT
AH !
ATTENDS...
ATTENDEZ, JEUNE HOMME !

MAI ...
QU'EST-CE QUE VOUS M VOULEZ ?!
ON VEUT QUE TU NOUS PAYES UNE TAXE !
AU S COU !
DEUX AFFREUX M'AGRESSENT !
QUI TU TRAITES D'AFFREUX ?!
EH, VOUS DEUX !
QUOI ?!
LAISSEZ CETTE PAUVRE DAME TRANQUILLE !
CETTE RUE APPARTIENT AU LYCÉE !
DONC, ELLE EST LIBRE D'Y FAIRE CE QU'ELLE VEUT

JE DIS UN GRAND MERCI À MES COLLABORATEURS QUE VOICI :

SHIMADA
KOINUMA
KAWASHIMA
SAYAKA
KUWANA
TANAKA
NISHIZAWA
KANEKO
SUZUKI
FUJIMOTO

REMERCIEMENT SPÉCIAL À :

YUTAKA
ABE
ABEO

ET À VOUS, MES TRÈS CHERS LECTEURS

JE VOUS REMERCIE D'AVOIR LU MON MANGA. JE SERAI RAVIE DE VOUS RETROUVER AU PROCHAIN VOLUME.

NAN, JE REGARDAIS JUSTE COMME ÇA !
Si vous glissez un bout de laine rouge dans votre portefeuille, votre amoureux secret n'aura d'yeux que pour vous !
...
TU ES AMOUREUX, TOI ?
GRILLÉ
...
JE SAVAIS PAS QUE C'ÉTAIT UN RITUEL CONNU
MON PETIT ASUKA !
SI TU VEUX SORTIR AVEC RYÔ, IL N'Y A PAS TRENTE-SIX SOLUTIONS, TU DOIS PRENDRE LE TAUREAU PAR LES CORNES !
FAIS-LE POUR MOI !
C'EST PAS CES TRUCS DE DIVINATION QUI VONT TE DIRE CE QUE TU DOIS FAIRE
AH ...
LA DIVINATION ?
...

TIENS ?! QU'EST-CE QUE C'EST ?!
AH !
MAIS !
QU'EST-CE QUE CETTE SALETÉ FOUT DANS MON PORTEFEUILLE ?!
Êtes-vous capable de séduire celui que vous aimez ?
TIENS, TES CENT YENS !
SALETÉ ?
BAH, TU NE LA JETTES PAS ?
Pour le savoir, répondez à ce quiz amoureux ☆ Si vous deviez lui faire un cadeau, que lui offririez-vous ? Choisissez parmi les propositions suivantes
LAIT
: Un poème
PARCE QU'ON EST HUMAIN PAR MIMK(10)
B : Un mouchoir
: Une écharpe ricotée à la main
D : Son portrait
LOVE
LA C
C'EST CE QUE J'OFFRIRAIS
C'EST PAS DES CADEAUX QU'ON FAIT À UNE COPINE
La réponse B est le meilleur choix que vous puissiez faire ♡
Celui que vous aimez ne vous résistera pas ! Quant à la plus mauvaise réponse, il s'agit ...
de la réponse C ! Soyez plus entreprenante !
TU AS CHOISI L'ÉCHARPE, C'EST ÇA ?
Mais ne désespérez pas !

POUR QUE VOTRE AMOUR DURE TOUJOURS GLISSEZ UN BOUT DE LAINE ROUGE DANS VOTRE PORTEFEUILLE
UN BOUT DE LAINE ?
POURQUOI DANS UN PORTEFEUILLE ?
AVANT TOUT...
AH
JE DOIS SAVOIR CE QUE JE VEUX POUR NOUS DEUX
MINCE J'AI PLUS DE MONNAIE !
MON PETIT ASUKA, TU PEUX ME DÉPANNER DE CENT YENS*, PLEASE ?
CETTE MACHINE NE PREND PAS LES BILLETS
O.K.
* 0,60 EUROS.

AH
ET POUR L'HOROSCOPE ...
QU'EST-CE QUE ÇA DONNE ?
JE SUIS VIERGE ET ELLE, ELLE EST ... EUH ...
C'EST VRAI ÇA ! DE QUEL SIGNE ELLE EST ?
SA DATE D'ANNIVERSAIRE ALORS ?
PAREIL
JE NE LA CONNAIS PAS NON PLUS
...
AH ...
JE ME RENDS COMPTE ...
QUE JE NE SAIS PRESQUE RIEN D'ELLE
LOVE FOREVER
Mariko, la Princesse des fleurs, vous dévoile ses sortilèges et rituels de magie rose♥
Pour conquérir le cœur de votre bien-aimé
ET FAIRE PERDUR VOTRE AMOUR

Êtes-vous faits l'un pour l'autre ?
TEST DE COMPATIBILITÉ AMOUREUS
LES CHANCES QUE ÇA MARCHE ENTRE QUELQU'UN DU GROUPE A ET …
NUMÉRO SPÉCIAL
JE CROIS QU'ELLE AVAIT DIT …
QU'ELLE ÉTAIT DU GROUPE O …
SI JE NE ME TROMPE PAS
BOBOM
BOBOM
BOBOM
LE GROUPE A
O …
A …
O …
…
AH
SCORE DE COMPATIBILITÉ ENTRE LE GROUPE SANGUIN A ET LE GROUPE SANGUIN O
80%
VOUS ÊTES CONSCIENCIEUSE ALORS QUE VOTRE PETIT AMI EST GÉNÉREUX. LUI ET VOUS VOUS COMPLÉTEREZ MUTUELLEMEN
JE SUIS SOULAGÉ …
C'EST UN BON SCORE
OUF
…
DE TOUTE MANIÈRE …
JE NE CROIS PAS VRAIMENT À TOUT ÇA
C'EST BASÉ SUR DES SUPPOSITIONS
CLAP

Yan-Yan
NUMÉRO SPÉCIAL
DIVINATION ET PHILTRE D'AMOUR♥
RENFORCEZ L'AMOUR DANS VOTRE COUPLE
ET QU'ELLE SOIT AMOUREUSE DE TOI, SURTOUT ?
...
GÊNE
SI ÇA CONTINUE COMME ÇA, VOUS RESTEREZ DE BONS AMIS TOUTE VOTRE VIE
"SI ÇA CONTINUE" ...
"TOUTE VOTRE VIE" ...
...

NE T'INQUIÈTE PAS, IL RESTE DÉLICIEUX !
GLOUPS
MIYAKO-ZUKA ...
LE SIMPLE FAIT D'ÊTRE AVEC ELLE ...
KYAAAH
AH, C'EST MASAMUNE !
IL EST TOUJOURS AUSSI CANON !
QUELLE ÉLÉGANCE !
SUFFIT À ME RENDRE HEUREUX
C'EST LA FORCE DE L'AMOUR
TA COULEUR PORTE-BONHEUR, C'EST ...
FERME-LA, TACHIBANA !
?

* BOULETTES DE RIZ ENROBÉES DE PÂTE DE HARICOTS ROUGES SUCRÉE.
** FEUILLES D'ALGUE.

TU AS BIEN ENVIE DE TE RAPPROCHER D'ELLE, NON ?
ET QU'ELLE SOIT AMOU-REUSE DE TOI, SURTOUT !
...
AMOU...
...REUSE
TROUBLÉ
MAIS ...
HEIN ?
ENFIN ...
MOI ...
GINYURI
JE DÉSIRE AVANT TOUT RESPECTER LES SENTI-MENTS DE MIYAKO-ZUKA
JE NE VEUX PAS LUI IMPOSER CE QUE JE RES-SENS POUR ELLE
J'HALLUCINE !
CRÉTIN DE PETIT SAINT, VA !!
DÉPITÉ
PARCE QUE, ELLE, TOUT CE QU'ELLE RES-SENT POUR TOI, C'EST ÇA
SI TU T'OBSTI-NES, IL SE PASSE-RA JAMAIS RIEN AVEC RYÔ !
JE L'AIME BIEN !
C'EST BEAU L'AMITIÉ !

J'AVAIS UN RANCARD AVEC ELLE ... NON ! IMPOSSIBLE !
SI, BIEN SÛR QUE C'EST POSSIBLE, IMBÉCILE !
TUTUUUT
IL FAUT RANGER LE MATÉRIEL MAINTENANT !
SÉRIEUX, IL FAUT QUE TU TE BOUGES, MON PETIT ASUKA
VOUS VOUS ÊTES JAMAIS RETROUVÉS VRAIMENT SEULS, TOUS LES DEUX
C'EST EN PARTIE MA FAUTE, MAIS BON
...
IL N'Y A QUE LA FOIS OÙ TU ME FAISAIS LA GUEULE QUE VOUS AVEZ PU RESTER SEULS
MÊME AU CINOCHE, ON ÉTAIT TROIS
SI ÇA CONTINUE COMME ÇA, VOUS RESTEREZ DE BONS AMIS TOUTE VOTRE VIE
MH ...
ET JE T'AVOUE QUE ÇA M'EMBÊTERAIT BIEN !
ET POURQUOI ÇA ?
AH
BAH, PARCE QUE TOI ET MOI, ON EST DES POTES UNIS POUR LA VIE !
BREF !

DÉCIDÉMENT, IL FAUT TOUT T DIRE
TU DOIS ALLER AU PARC D'ATTRACTIONS AVEC LA PETITE RYÔ ! ♡
HOP
BAM
BIEN JOUÉ ! ♡
ALORS ?
RESTE CONCENTRÉ PENDANT LE MATCH, TU VEUX
UN VRAI BOULET DE CANON !
DU GRAND MASAMUNE !
UN PARC D'ATTRAC-TIONS ...
...
ASUKA !
HA HA HA
HA HA HA
C'EST COMME SI ...

TAP
NE VOUS LAIS-SEZ PAS INFLUENCER PAR LES AUTRES...
MON PETIT ASUKA ♡
TU SAIS QUEL EST TON LIEU PROPICE À L'AMOUR ?
?
UN PARC D'ATTRACTIONS ! ♡
RESTEZ FIDÈLE À VOUS-MÊME ET TOUT SE DÉROULERA À MER-VEILLE
!
ET ALORS ?

* CE N'EST PAS UN HASARD SI ASUKA EST VIERGE CAR LE SIGNE DE LA VIERGE SE DIT *OTOME-ZA* EN JAPONAIS

SANS BLAGUE ! T'ES TAUREAU ?
TROP FORT !
OUI ! ♡ ET TOI SAORI, T'ES QUEL SIGNE ?
TROP FORT !
VIERGE !
LIS-LE-MOI, STP
LE BONHEUR TOTAL
GOODIES : POCHETTE ET MOUCHOIR À L'EFFIGIE DE TOUS LES PERSONNAGES
NOUVEAU
C'est quoi le bonheur
C'EST MIMI ♡
TON PORTE-BONHEUR, C'EST UNE ROSE
TROP FORT !
ET TA COULEUR, C'EST LE NOIR !
TROP FORT !
L'HOROSCOPE, C'EST VRAIMENT UN TRUC DE FILLE ♡
N'EST-CE PAS, MON PETIT ASUKA ?
OUI ...

HOROSCOPE SCINTILLANT

du 26/10 au 25/11

Illustrations de Maachi Haru
Votre horoscope du mois
par Mariko, la Princesse des fleurs

Bélier
du 21 mars au 20 avril

AMOUR ♡♡

Votre vie amoureuse est au point mort, attendez des jours meilleurs. Si vous êtes en couple, pimentez votre relation pour ne pas tomber dans la routine.

ET SI VOUS VOUS RENDIEZ À LA SUPÉRETTE APRÈS MINUIT ?

TRAVAIL ☆☆☆☆☆

La réussite est au rendez-vous, même dans les domaines où vous échouiez jusque-là. Soyez confiante et lancez-vous des challenges.

PORTE-BONHEUR

Un parfum

COULEUR

Le beige

LIEU

Une supérette

Taureau
du 21 avril au 21 mai

AMOUR ♡♡♡♡♡

Entre votre chéri et vous, ce sera torride ♡ Si vous êtes célibataire, l'amour viendra peut-être frapper à votre porte.

NE CONFONDEZ PAS VACHE LAITIÈRE ET BOEUF

TRAVAIL ☆☆☆

Vous connaitrez des hauts et des bas. Prenez les choses comme elles viennent et restez optimiste.

PORTE-BONHEUR

Une vache

COULEUR

Le rouge

LIEU

Une colline

Gémeaux
du 22 mai au 21 juin

AMOUR ♡♡♡

Soyez prudente car
Vous n'êtes pa
l'abri d'un
Rencon

TRAVAIL ☆☆☆

moral n'est
au fixe.

eur

e colle

N'OUBLIEZ PA

OToMeN

OTOMEN

ET VOILÀ
ON EST DEVENUS ENCORE PLUS PROCHES TOUS LES DEUX
SURTOUT LE PASSAGE OÙ ASUKA PLEURE, DANS LE VOLUME TROIS !
C'EST TELLEMENT ÉMOUVANT ...
OUAIS, T'AS RAISON. ÉTANT MOI-MÊME L'AUT... MERDE !
FAN-CLUB DE LOVE TIC
QUELQUES JOURS PLUS TARD
PLUS JAMAIS JE N'AIMERAI UNE AUTRE FILLE !
RISA-RISA, J'ÉTAIS FOU DE TOI !
PAF
LOVE TIC
Jewel Sachihana
LOVE TIC, C'EST TROP DE LA BALLE !
TU L'AS DIT !
C'EST TELLEMENT BEAU L'AMOUR !
QUOI ?! CES TARÉS LISENT MON MANGA ?!
UJOURD'HUI, J'AI FAIT DU STEAK HACHÉ
YOUPI !

JE SUIS RAIDE DINGUE DE LOVE TIC !
À VRA DIR...
ET CES DESSINS, CE SONT DES COPIES DU MANGA !
JE SUIS UN FAN DE LA PREMIÈRE HEURE !
HEIN ?
TU ME CROIS ?
BAH OUI !
O.K., JE VOIS !
AH LÀ LÀ, C'EST PAS GÉNIAL LOVE TIC ?
JE TE LES RENDS
OU...
OUI !

TU PARLES DE ÇA ?
!
AH ...
TACHI-BANA ...
'EST TOI ...
EUH ...
EN FAIT ...
C'EST PAS VRAI !

ET POURTANT C'EST UN OTOMEN
TU AS LA CLASSE, MON PETIT ASUKA !
IL FAUT VITE QU'ON ANNONCE À RYÔ ...
QU'ON S'EST RÉCONCILIÉS, TOUS LES DEUX !
JE TE SIGNALE QU'ON N'A JAMAIS ÉTÉ AMIS ...
BON BAH, DANS CE CAS, ÇA TE DIRAIT QU'UNE AMITIÉ COMMENCE ENTRE NOUS !
JE ME RENDS COMPTE ...
...
ELLE A DÉJÀ COMMENCÉ
QUE C'EST PARCE QU'ON ÉTAIT JUSTEMENT AMIS ...
QUE SA CONDUITE ME METTAIT EN COLÈRE
QUOI ?
AH
MES PLANCHES, OÙ EST-CE QU'ELLES SONT ?

ASUKA MASAMUNE !!
T'AS FINI DE RACONTER DES CONNERIES ?!
AH ...
POURQUOI ?
MON PETIT ASUKA !
J'AI TROP FAIT À MANGER POUR CE MIDI ...
ALORS J'AI VOULU T'EN DONNER UN PEU
...

IL EST AUSSI INTELLIGEN …
MAIS UN PEU TIMIDE
À FORCE DE T'OB-SERVER …
C'EST UN CRACK EN COUTURE ET EN CUISINE !
J'AI FINI PAR TE CONNAÎTRE PAR CŒUR …
IL EST UN PEU TÊTU MAIS C'EST RIEN, COMPARÉ À SA GENTILLESS ET SES ATTEN-TIONS !
LE PLUS GRAND DES OTOMEN ASUKA MASAMUNE !
C'EST UN AMOUREUX DE L'AMOUR, UNE FEMME PARFAITE QUI FERA PLUS TARD UNE BONNE ÉPOUSE ET UNE BONNE MÈRE !
JE CAPTE QUE DALLE À SON DÉLIRE !
ZBAM

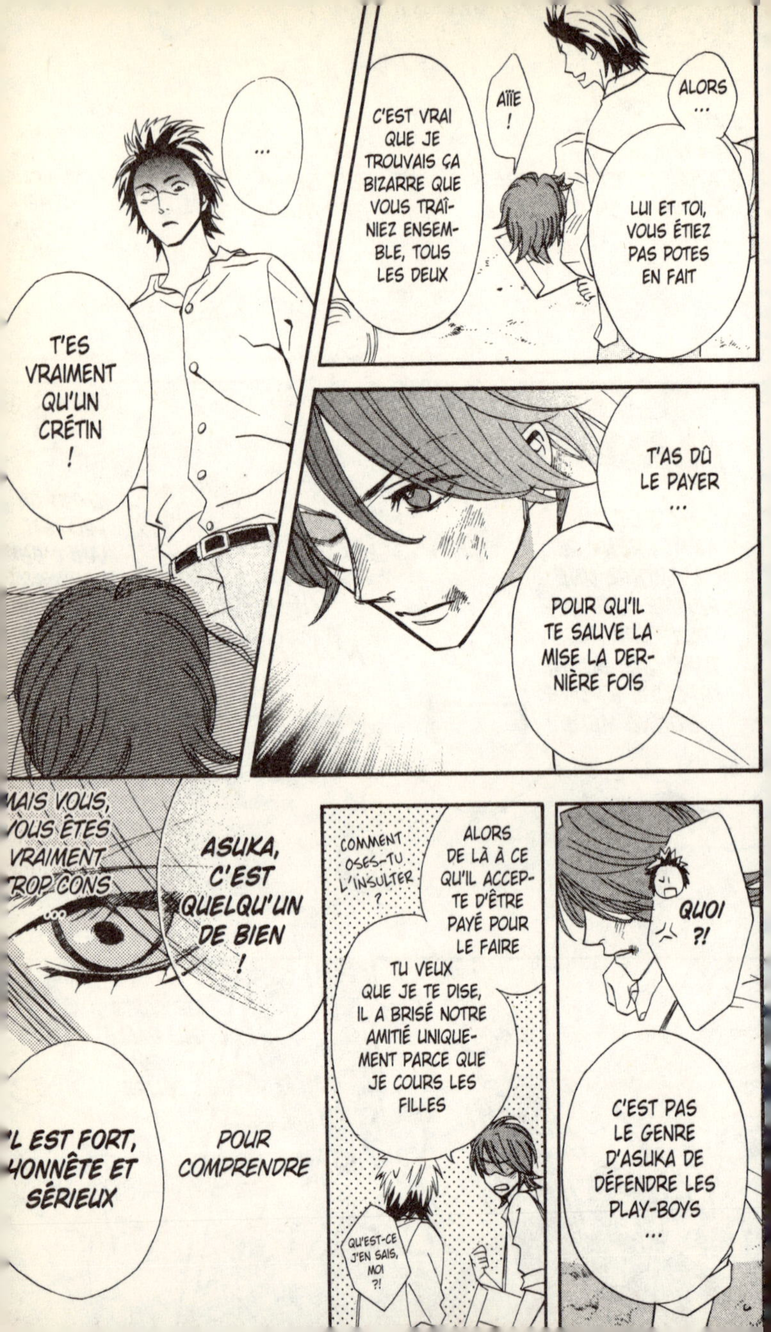
ALORS ...
LUI ET TOI, VOUS ÉTIEZ PAS POTES EN FAIT
AÏIE !
C'EST VRAI QUE JE TROUVAIS ÇA BIZARRE QUE VOUS TRAÎNIEZ ENSEMBLE, TOUS LES DEUX
T'AS DÛ LE PAYER ...
POUR QU'IL TE SAUVE LA MISE LA DERNIÈRE FOIS
...
T'ES VRAIMENT QU'UN CRÉTIN !
QUOI ?!
C'EST PAS LE GENRE D'ASUKA DE DÉFENDRE LES PLAY-BOYS ...
ALORS DE LÀ À CE QU'IL ACCEPTE D'ÊTRE PAYÉ POUR LE FAIRE
COMMENT OSES-TU L'INSULTER ?
TU VEUX QUE JE TE DISE, IL A BRISÉ NOTRE AMITIÉ UNIQUEMENT PARCE QUE JE COURS LES FILLES
QU'EST-CE J'EN SAIS, MOI ?!
ASUKA, C'EST QUELQU'UN DE BIEN !
MAIS VOUS, VOUS ÊTES VRAIMENT TROP CONS ...
POUR COMPRENDRE
IL EST FORT, HONNÊTE ET SÉRIEUX

EH BEN, DÈS QUE T'ES PLUS TOUT SEUL TU TE LA RACONTES
T'ES PAS COMPLIQUÉ COMME MEC
ET ALORS ?!
MAL-HEU-REUSE-MENT POUR MOI ...
JE NE SUIS PAS POTE ...
AVEC ASUKA
DANS CE CAS, JE VAIS AVOIR BESOIN DE PERSONNE POUR TE DÉFONCER !
AH !
ATTENDS !
!
BAM

PAS AVEC UNE FILLE
C'EST AVEC MON ÉDITEUR QUE J'AI REN-DEZ-VOUS, JE DOIS LUI REFILER MES PLANCHES
ELLES SONT DANS CETTE ENVELOPPE
DÉSOLÉ LES MECS, MAIS JE SUIS ULTRA-PRESSÉ ...
JE N'AI PAS LE TEMPS DE ME BAT-TRE, LÀ
AH OUAIS ?! ALORS ÇA VEUT DIRE QUE SI C'EST PAS POUR SE BATTRE, T'AS LE TEMPS !
S
H
ET TOC !
O.K. ...
UN VRAI GOSSE
SI TU VEUX ...
TU PEUX MÊME APPELER TON COPAIN EN RENFORT
MON COPAIN ? TU VEUX PARLER ...
DU PETIT ASUKA ?

... JE SUIS ...
AUTANT EN BOULE CONTRE LUI ?
AH !
TACHI-BANA !
ON MANGE ...
DÉSOLÉ, RISA-RISA !
MAIS AUJOURD'HUI J'AI UN REN-DEZ-VOUS
OH NON !
ÇA CRAINT ...
IL FAUT QUE JE ME GROUILLE !
JE NE POURRAI PAS REVENIR AVANT LA FIN DE LA PAUSE DÉJEUNER
TAP
JÛTA TACHIBANA !
ALORS COMME ÇA, TU ME PIQUES MA NANA ...
LA VACHE, ÇA TOMBE MAL !
ET JUSTE APRÈS, T'EN-CHAÎNES SUR UN RANCARD AVEC UNE AUTRE ?!

MERCI, "GRAND FRÈRE"(9) !
TOUT A DÉBUTÉ ...
PREMIER PRIX
1
...VE TIC
Jewel Sachihana
CE JOUR-LÀ ...
WAR IS HELL
C'EST L'HABITUDE ...
MINCE, J'EN AI ENCORE FAIT UN DE TROP ...
AH ...
...
MAIS POURQUOI ...

JE DOIS TROUVE …
UNE SOURCE D'INSPIRA-TION
JE PEUX ?
ÇA Y EST !
IL EST GUÉRI, MAINTENANT !
OUAH, IL EST MIMI TOUT PLEIN, MON LAPINOU !

IL ME DOIT BEAUCOUP, DIT-IL ...
APRÈS TOUT ...
ON N'EST PAS AMIS TOUS LES DEUX
MAIS EN RÉALITÉ ...
SI ...
TU LE DIS
C'EST MOI ...
QUI LUI SUIS REDEVA-BLE
LE BOOMERANG DE L'AMOUR
Cinquième participation
Jewel Sachihana de Tokyo
2
DEUXIÈME PRIX
MAIS ÇA, IL L'IGNORE
"IL MANQUE LA PETITE TOU-CHE *SHÔJO* QUI PLAÎT TANT AUX FILLES"
MAIS BON ...
EH !! RESSEMBLE À VOTRE IDOLE... EN UN SEUL GESTE
JE TOUCHE PRESQUE AU BUT ...
POUR-QUOI TU PLEURES ?

JE ME SENS TRISTE ...
QUAND ON DÉJEUNE LE MIDI ET QUE TU N'ES PAS AVEC NOUS, TACHIBANA
TACHIBANA ...
TU M'AS SOUTENU ET ENCOURAGÉ DANS LES MOMENTS DIFFICILES ...
JE TE DOIS BEAUCOUP
HEIN ?
QUOI ? QUOI ?
TU ME GÊNES, MON PETIT ASUKA
MAIS LÀ, IL S'AGIT D'UNE AUTRE HISTOIRE
...
MÊME SI MIYAKOZUKA ...
JE COMPRENDS
JE T'AVOUE QUE MOI NON PLUS, J'AI PAS L'INTENTION DE RENIER MA PHILOSOPHIE
...
AH, PARCE QUE TU AS UNE PHILOSOPHIE, TOI ?
EH OUAIS !

AH ...
JE SUIS DÉPRIMÉ !
TACHI-BANA ?
J'AI LAISSÉ UNE FILLE AGIR À MA PLACE ET S'INQUIÉTER POUR MOI
JE SUIS INDIGNE D'UN GENTLEMAN !
C'EST LÀ LA FIN DU MONDE !
OUH LÀ !
MIYAKO-ZUKA ...
AU DÉPART ...
J'AI EU BEAUCOUP DE MAL À M'IN-TÉGRER QUAND JE SUIS ARRI-VÉE DANS CE LYCÉE
MAIS HEUREUSEMENT, VOUS ÉTIEZ LÀ ET VOUS ÊTES VENUS VERS MOI
J'AI ÉTÉ TRÈS TOUCHÉE PAR VOTRE GENTILLESSE

SPLATCH
FRÉROT, NOTRE AMITIÉ ...
EST ÉTERNELLE !!
OUAAAH, C'EST SPLENDIDE !
FRÉROT, T'ES MON HÉROS !
FIN
LA FUREUR DU TALON
C'EST LE PLUS BEAU FILM QUE J'AIE JAMAIS VU !
EUH ...
OUI, C'ÉTAIT BIEN
POUR MOI ...
...
LES AMIS ...
C'EST CE QU'IL Y A DE PLUS IMPORTANT

CLOVER AND HONE
COMPLEXY LOVE
R DU TALON
Now Show
FUREUR DU TALON
QUOI ?! C'EST TOUT CE QUE PEUT FAIRE TON TALON ?!
DBWA
DBWA
ATTENDS, T'AS ENCORE RIEN VU !!
DBWA
YATA YATA YATA
ADMIRE !
SHIBAAA
OUI, C'EST ÇA LA PUIS-SANCE DU TALON DES HOMMES !!
VIENS LÀ, QUE JE TE SERRE DANS MES BRAS, FRÉROT !!
SPCATCH

C'EST LA PREMIÈRE FOIS QUE JE LA VOIS SANS SON UNIFORME ...
ELLE EST VRAIMENT MIGNONNE !
QUEL ...
SALUT ! ♡
AH ...
QUEL FILM ON VA VOIR ?
IL FAUT PENSER AUX PLACES, AUSSI
NE T'IN-QUIÈTE PAS, JE LES AI DÉJÀ
MA PETITE RYÔ !
HEIN ?!
SUPER ! TOUT LE MONDE EST LÀ !
JE VOIS
ON VA POUVOIR ...
ALLER REGARDER LE FILM !
D'ACCORD

OU...
OUI !
AU CINÉMA ?
ALORS ...
ÇA VOU-DRAIT DIRE ...
SANS AUCUN DOUTE
UN ... RANCARD
UN RANCARD AMOUREUX ?
ÇA FAIT LONGTEMPS QUE TU ATTENDS ?
OUI, MAIS C'EST ENTIÈ-REMENT MA FAUTE, JE SUIS ARRIVÉ TROP TÔT !
PRES-QUE UNE HEURE

HMPF
OUAH, LE VENT !
DE TOUTE MANIÈRE, JE PEUX ME DÉBROUILLER SANS LUI
RISA-RISA ! ♡
NAN ! ♡
C'EST LE DERNIER DES VAURIENS !
ASUKA !
MIYAKO-ZUKA ...
VOUS ÊTES ...
ENCORE FÂCHÉS TOUS LES DEUX ?
FÂCHÉS ?
POUR ÇA, IL AURAIT FALLU QU'ON SOIT AMIS
TU ES LIBRE, CE DIMANCHE ?
OUI ...
EUH ...
DANS CE CAS ...
ÇA T'INTÉRESSERAIT UNE SORTIE AU CINÉMA, CE DIMANCHE ?
...

* TERME PÉJORATIF QUI DÉSIGNE LES PERSONNES QUI NE VIVENT QUE POUR LEUR PASSION ET QUI SORTENT RAREMENT DE CHEZ EUX.

IL M'EST ARRIVÉ À PEU PRÈS LA MÊME CHOSE
QUAND J'ÉTAIS EN SECONDE ...
JE PEUX ?
ELLE ME RESSEMBLE BEAUCOUP
C'EST ÉTRANGE ...
PARCE QU'ASUKA C'EST ASUKA, TOUT SIMPLEMENT !
ZEBRA

AH, L'AMOUR PUR ...
Éditions Toutcourt
Love Tic
BOBOM BOBOM
AAH, C'EST TELLEMENT BIEN LES SHÔJO MANGAS !
HA HA
J'ADORE ÇA ...
SURTOUT LOVE TIC
L'HÉROÏNE S'APPELLE ASUKA, COMME MOI
SOUS SES AIRS DE GARÇON MANQUÉ, ELLE CACHE UNE TRÈS GRANDE SENSIBILITÉ. JE ME SENS PROCHE D'ELLE
OUIIIN
POURQUOI TU PLEURES ?
ELLE EST VRAIMENT CLASSE
J'AI BEAUCOUP D'ADMIRATION POUR ELLE !
MON LAPINOU S'EST BLESSÉ À L'OREILLE !
IL FAUT LE SOIGNER
JE PEUX ?

TOUT VA ...
BIEN SE PAS-SER

IL N'EXISTE PAS ...
DE FILLE ...
PLUS FÉMININE QUE LE PETIT ASUKA !
NOUVEAU VOLUME
LOVE TIC
BONJOUR !
...
DU MONDE MODERNE
560 YENS*
LES HÉROS QUI ONT FAIT L'HISTOIRE
LOVE TIC
JEWEL SACHIHANA
IL EST SANS PITIÉ
FLAP
AH
EUH ...
C'EST POUR MA PETITE SŒUR !
?
HIT DES VENTES !

* 3,45 EUROS.

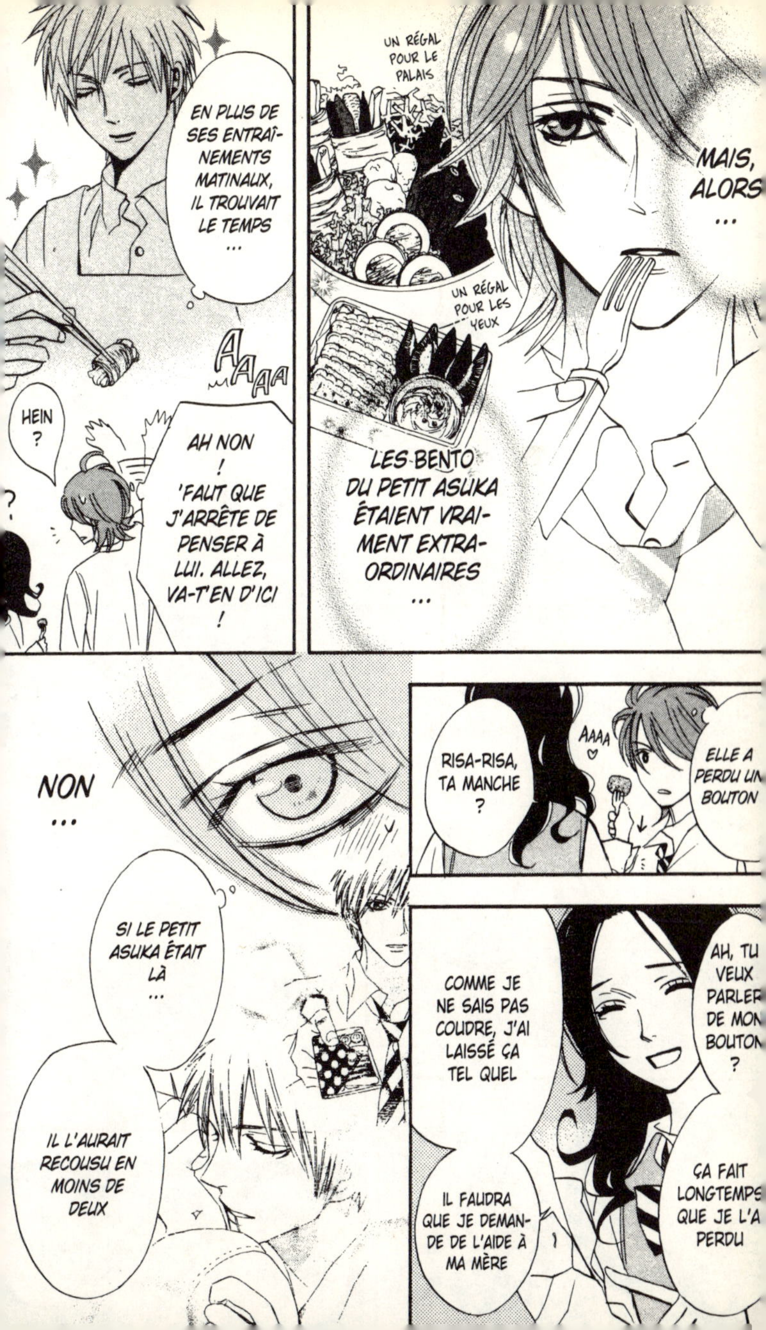
MAIS, ALORS ...
UN RÉGAL POUR LE PALAIS
UN RÉGAL POUR LES YEUX
LES BENTO DU PETIT ASUKA ÉTAIENT VRAIMENT EXTRA-ORDINAIRES ...
EN PLUS DE SES ENTRAÎ-NEMENTS MATINAUX, IL TROUVAIT LE TEMPS ...
AAAA
AH NON ! 'FAUT QUE J'ARRÊTE DE PENSER À LUI. ALLEZ, VA-T'EN D'ICI !
HEIN ?
ELLE A PERDU UN BOUTON
AAAA ♡
RISA-RISA, TA MANCHE ?
AH, TU VEUX PARLER DE MON BOUTON ?
ÇA FAIT LONGTEMPS QUE JE L'A PERDU
COMME JE NE SAIS PAS COUDRE, J'AI LAISSÉ ÇA TEL QUEL
IL FAUDRA QUE JE DEMAN-DE DE L'AIDE À MA MÈRE
NON ...
SI LE PETIT ASUKA ÉTAIT LÀ ...
IL L'AURAIT RECOUSU EN MOINS DE DEUX

OOH ! ♡
ÇA FAIT UNE ÉTERNITÉ QUE J'AI PAS AVALÉ DE REPAS FAITS MAISON ♡
C'EST LE BENTO SPÉCIAL RISA-RISA ! ♡
TADAM ! ☆
ENFIN UNE "VRAIE" FILLE !
VOILÀ, C'EST COMME ÇA QUE ÇA DOIT SE PASSER NORMALEMENT ♡
DANS LES NUAGES
C'EST DU SURGELÉ !
COMME ON SE RETROUVE, MES PETITS SURGELÉS !
IDÉAL POUR LES BENTO
XIU-MAI* JUTEUX
* RAVIOLIS CHINOIS QUE LES JAPONAIS CONSOMMENT BEAUCOUP.
FINALEMENT, ASUKA N'EST PAS IRREMPLAÇABLE ...
IL FALLAIT JUSTE QUE JE TROUVE UNE FILLE DIGNE DE CE NOM
OUVRE GRAND LA BOUCHE !
OU...
OUI ♡
ALLEZ, FAIS "AAAA"
DE TOUTE FAÇON, QUAND ON EST LYCÉEN ...
ON N'A PAS LE TEMPS DE CUISINER LE MATIN
AAAA
UN INSTANT !
POURQUOI J'AI CETTE IMPRESSION DE "DÉJÀ-VU" ?
NAN !

QU'EST-CE QUE TU PENSES DE L'AMOUR DANS LES *SHÔJO* ?
JE LIS PAS DE *SHÔJO*
TOUT S'EXPLIQUE
J'AI PRIS LE MAUVAIS EXEMPLE
C'EST ÇA
CE QU'IL ME FAUT, C'EST UNE FILLE PLUS FÉMININE
TACHI-BANA !
RISA-RISA ?!
AAH ! ♡
J'AI ENTENDU DIRE QUE TU DÉJEUNAIS TOUT SEUL CES DERNIERS TEMPS !
ALORS JE ME SUIS DIT QU'ON POURRAIT MANGER ENSEMBLE, CE MIDI ♡
C'EST VRAI ?!
TROP COOL ! ♡
DEUX IMBÉCILES HEUREUX

UHHH ...
QU'EST-CE QUE TU ÉCRIS DANS TON CAHIER ?
RIEN, C'EST QUE DES GRIBOUILLAGES
C'EST SON SYNOPSIS EN RÉALITÉ
J'Y PENSE ...
MHHH
JE N'AI PAS BESOIN D'ASUKA, JE PEUX TRÈS BIEN M'INSPIRER DE TOUTES LES FILLES QUI M'EN-TOURENT
ET PUIS, JE SUIS UN AMOU-REUX DES FEM-MES, JE DEVRAIS POUVOIR RETRANS-CRIRE LEURS SEN-TIMENTS MIEUX QUE PERSONNE
DIS-MOI, YUKARIN ...
C'EST QUOI TA CONCEPTION DE L'AMOUR ?
MA CONCEPTION DE L'AMOUR ?
EH BIEN, C'EST M'ENVOYER EN L'AIR AVEC UN MEC CANON QUE JE JETTERAI ENSUITE COMME UNE VIEILLE CHAUSSETTE ...
ET QUAND J'AURAI VINGT-CINQ ANS, JE ME CASERAI AVEC UN TYPE PLU-TÔT ORDINAIRE MAIS QUI AURA UN BON MÉTIER ET PAS MAL DE FRIC
JE VOIS ... ...
DÉJÀ QUE LE DÉBUT M'A COMPLÈTEMENT DÉGOÛTÉ ...
ET ...

DE TOUTE FAÇON ...
ON AVAIT DES TEMPÉRAMENTS INCONCILIABLES
TU PENSES VRAIMENT CE QUE TU DIS ?
POURTANT, VOUS ME DONNIEZ L'IMPRESSION D'ÊTRE DE BONS AMIS, TOUS LES DEUX
DES AMIS ? POURTANT JE N'AI JAMAIS VOULU QU'ON LE SOIT, C'EST LUI QUI EST VENU VERS MOI
JE NE SAIS PAS POURQUOI ...
JE RESSENS ...
BEAUCOUP DE COLÈRE ENVERS LUI
JE SAVAIS QUE C'ÉTAIT UN COUREUR DE JUPONS ...
MAIS JE NE PENSAIS PAS QUE C'ÉTAIT À CE POINT-LÀ
JE N'ARRIVE PAS À L'ACCEPTER
...

YUKARIN, MA CHÉRIE ... ♡
SI ON MANGEAIT ENSEMBLE, CE MIDI ?
JE DÉJEUNE AVEC MES COPINES
...
JE ME DEMANDE CE QUI S'EST PASSÉ ENTRE EUX ?
ILS ÉTAIENT INSÉPARABLES CES DERNIERS TEMPS
ET MAINTENANT, ILS NE S'ADRESSENT MÊME PLUS LA PAROLE
DE TOUTE MANIÈRE, À LA BASE, ILS N'ÉTAIENT PAS FAITS POUR S'ENTENDRE
TACHIBANA EST VOLAGE TANDIS QUE MASAMUNE, LUI, IL EST BEAUCOUP PLUS SÉRIEUX
ILS N'ONT VRAIMENT AUCUN ATOME CROCHU !

MER...
ET MERCI À TOI, MON PETIT BOUTON
MERCI BEAU-COUP ! ♡♡
MAIS...
TU EN AS TOUJOURS UN SUR TOI ?
C'EST ÉTONNANT !
AAAH
MINCE !
NON NON ! JE L'AI TROUVÉ PAR HASARD, OUI PAR HASARD
AÏE AÏE AÏE, LA BOURDE, MON PETIT ASUKA !
ÇA VA ALLER, TU T'EN SORS ?
JE VOIS, CE N'EST PAS LE GENRE DE TRUC QU'ON EST CENSÉ AVOIR SUR SOI
SURTOUT POUR UN MEC
ÇA CRAINT !
MAIS TU SAIS RECOUDRE UN BOUTON, TOI ?
JE CROYAIS QUE C'ÉTAIT NORMAL
NON...
OUH LÀ...
GROS MALAISE
...

AH YUKARIN, MA CHÉRIE ! ♡
T'ES LOURD, JÛTA
IL M'IGNORE TOTALEMENT
VLAF
HMPF ...
IL N'A PAS L'INTENTION DE SE CORRIGER, À CE QUE JE VOIS
AH !
LE KENDO
N°5
ET ZUT !
COMMENT JE VAIS FAIRE MAINTENANT ?!
CE QU'IL TE FAUT, C'EST DU FIL ET UNE AIGUILLE ...
IL Y A MON BOUTON QUI EST PARTI !
C'EST GALÈRE !
QUOIQUE, TU NE RISQUES PAS D'EN TROUVER SI FACILEMENT
SHH
SI TU VEUX, J'AI UN NÉCESSAIRE DE COUTURE

MAIS... IL Y A FORCÉMENT AUTR CHOS QUI NOUS UNIT ?
TU FAIS ALLUSION AU FAIT QUE JE SOIS TON GORILLE DE SERVICE ?
NON, C'EST PAS ÇA !
QUOI ALORS ?!
ON S'EN VA, MIYAKO-ZUKA...
EH BIEN...
JE NE PEUX PAS !
JE NE PEUX PAS LUI DIRE QU'IL EST LE HÉROS DE MON MANGA
MAIS... ASUKA...
BON BEN...
J'AI PLUS QU'À FAIRE MON MANGA SANS LUI. OOHH, JE DEVRAIS POUVOIR Y ARRIVER
N'EMPÊCHE, MA PETITE RYÔ VA ME MANQUER

À L'ORIGINE, JE PENSAIS FAIRE DE JÛTA UN PERSONNAGE ASSEZ "CLASSE", MAIS DANS CE CHAPITRE, IL A PRIS UNE TOUT AUTRE DIMENSION EN DEVENANT LE COMIQUE DE SERVICE ET ÇA NE VA PAS S'ARRANGER PAR LA SUITE... IL EXERCE LA PROFESSION DE *MANGAKA*, MAIS CONTRAIREMENT À MOI, LUI, C'EST UN BOURREAU DE TRAVAIL. IL A L'ÉTOFFE DES *MANGAKA DE SHÔJO*. C'EST UN ÉPICURIEN QUI VEUT PROFITER DE SA JEUNESSE MAIS CE N'EST PAS POUR AUTANT QU'IL NÉGLIGE SON BOULOT. EN PLUS, C'EST UN AUTEUR À SUCCÈS, JE L'ADMIRE ! MAIS COMMENT IL FAIT POUR TROUVER LE TEMPS DE DORMIR ? COMME C'EST LE SEUL PERSO À PEU PRÈS "NORMAL", J'AI AUCUN MAL À LE METTRE EN SCÈNE.

OUH LÀ C'EST UN OTOMEN PUR ET DUR
TOUT ROUGE
BOBOM BOBOM
?
O.K., MAIS COMPRENDS QUE MOI, JE NE SUIS PAS COMME TOI
JE NE VEUX PAS ME CONTENTER QUE D'UNE SEULE NANA
ET PUIS, COMME TU T'EN DOUTES DÉJÀ ...
LE GRAND AMOUR, ÇA N'EXISTE PAS
TIENS ?
...
DONC SI JE COMPRENDS BIEN, TU VEUX PRENDRE DU BON TEMPS AVEC LES FILLES ...
ET TE SERVIR DE MOI COMME BOUCLIER AU CAS OÙ ÇA TOURNERAIT MAL
DANS CE CAS, TOUS LES DEUX ...
ON N'A RIEN À FAIRE ENSEMBLE !
CLASH

MOI, JÛTA TACHIBANA ...
J'AI LE PLUS GRAND RESPECT POUR LA GENT FÉMININE !
VOUS PIGEZ ?
IDEM POUR TOI, MON PETIT ASUKA ! MÊME SI TU ES AMOUREUX ...
TU RESTES UN MEC, NON ?
TU NE PEUX PAS 'EMPÊCHER DE MATER UNE JOLIE FILLE
SI
TU NE VAS QUAND MÊME PAS ME DIRE QUE, COMME LES HÉROÏNES DE *SHÔJO* ...
TU RÊVES D'AIMER UNE SEULE PERSONNE TOUTE TA VIE ?
ET EN QUOI CE SERAIT MAL ?
HEIN ?
MOI, JE CROIS AU GRAND AMOUR !
JE CROIS QU'ON PEUT AIMER UNE SEULE PERSONNE D'UN AMOUR ÉTERNEL !
PA DAM

TACHIBANA ...
SACHE QUE JE DÉTESTE LES MECS QUI S'AMUSENT AVEC LES FILLES
ÇA TOMBE BIEN PARCE QUE TU AS DEVANT TO LE PLUS GRAND GENTLEMAN DE LA PLANÈTE !
J'ADORE LES FEMMES ! ♡ J'AIME YUKARIN, RISA-RISA, NANATCHI. JE LES AIME TOUTES, TOUTES, TOUTES ...
NANATCHI ? IL Y EN A UNE DE PLUS
...
MAIS ...
IL N'Y A PAS UNE FILLE QU TU AIMES EN PARTICULIER ?
SI C'ÉTAIT LE CAS, TU NE TE CONDUIRAIS PAS COMME ÇA
VOYONS ...
COMMENT VOUS EXPLIQUER ?

C'ÉTAIT DU GRAND MASAMUNE ! ♡
TOUS LES MECS DU LYCÉE FONT DANS LEUR FROC DÈS QU'ILS ENTENDENT TON NOM
JE SUIS BIEN CONTENT QU'ON SOIT POTES, TOUS LES DEUX !
TACHIBANA ...
OÙ TU EN ES AVEC CETTE FILLE ? VOUS ÊTES TOUJOURS ENSEMBLE ?
AH, TU VEUX PARLER DE YUKARIN ?
MOUAIS, COMME D'HAB !
ALORS C'EST VRAI CE QU'IL DISAIT, LE TYPE DE TOUT À L'HEURE ?
AH, ELLE S'APPELLE RISA, EN FAIT
ATTENDS, J'Y SUIS POUR RIEN, MOI ! C'EST SA NANA QUI ME FAIT DU GRINGUE !
J'AVOUE QUE JE 'ENTENDS IEN AVEC LLE, MAIS ANS PLUS ♡

CETTE RACLURE A OSÉ DRAGUER MA NANA !!
SFF
NON, TU TE TROMPES ! C'ÉTAIT JUSTE POUR ...
ICI, VOUS ÊTES DANS UNE SALLE D'ENTRAÎNEMENT, AUTREMENT DI UN ENDROIT SACRÉ ...
(PLUS EXACTEMENT DANS SO VESTIAIRE)
ALORS SI VOUS VOULEZ VOUS BATTRE ...
VOUS IREZ LE FAIRE AILLEURS ! ET À LA LOYALE !
PADAM
HEIN ...
A... ASUKA MASAMUNE !!
ENFIN, MON PETIT ASUKA VOLE À MON SECOURS ! ♡
MON HÉROS ...
ÇA ME VA ! T'AVISE PAS D'OUBLIER, TACHIBANA !
COMPTE PAS LÀ-DESSUS

UN AMI À MOI ?
TAP TAP TAP
TACHI-BANA ?!
GLOUPS
JÛTA TACHI-BANA !!
PITIÉ !! SAUVE-MOI, MON PETIT ASUKA !!
CALME-TOI, L'ENRAGÉ ! ♡ ET DISCUTONS TRANQUIL-LEMENT, TU VEUX !
TU ME FAIS PLUS PEUR
JE VAIS TE DÉMOLIR, CONNARD !!
AAH !
EH !

UNE JEUNE FILLE FAN DE *LOVE TIC* ←
SON PETIT CŒUR BAT LA CHAMADE
Fleurs et Haricots
Votre cœur va faire bobom bobom
EH !!
DEVENEZ MANGAKA...
MIRACLE !
GRÂCE À NOTRE MÉTHODE
CETTE MERVEILLEUSE HISTOIRE D'AMOUR ME FAIT LITTÉRALEMENT VIBRER
JEWEL SACHIHANA DOIT ÊTRE UNE FEMME CHARMANTE
DOUCE ILLUSION
Jewel Sachihana
Fleurs et Haricots
Votre cœur va faire bobom bobom
JE PEUX ENTRER ...
GRR
PAF
CAPITAINE ?!
...
QU'EST-CE QU'IL Y A ?
JE SUIS DÉSOLÉ
MAIS ... QUELQU'UN DEMANDE À VOUS VOIR ...
UN AMI À VOUS

VOUS ÊTES SÛR DE VOULOIR REFUSER L'INTERVIEW DE TÉLÉ-JAPA ?
MY PASSION(8) EST UNE ÉMISSION QUI CARTONNE EN CE MOMENT
...
PERSONNE N'A JAMAIS VU LE VRAI VISAGE DE "JEWEL SACHIHANA"
VOUS VOUS IMAGINEZ LE SCOOP QUE ÇA AURAIT ÉTÉ ?!
OUI, MAIS JE PRÉFÈRE RESTER DANS L'ANONYMAT
SI LES JEUNES FILLES FANS DE LOVE TIC APPRENAIENT QUE SON AUTEUR EST UN HOMME ...
ELLES EN SERAIENT TRAUMATISÉES
ASUKA ...
JE TE TROUVE ADORABLE ...
ET QUAND JE SUIS AVEC TOI ...
J'AI ENVIE DE TE PROTÉGER

C'EST PARFAIT !
VOUS AVEZ FAIT DU BON TRAVAIL, MONSIEUR !
VLOP
MERCI
JE VOUS LAISSE PRENDRE LE RELAIS
AH !
MONSIEUR SACHIHANA
OUI ?

ASUKA ...
JE TE TROUVE ADORA-BLE ...
ET QUAND JE SUIS AVEC TOI ...
J'AI ENVIE DE TE PRO-TÉGER

OTOMEN

LOVE HATE LOVE HATE LOVE LOVE
OTOMEN

RYÔ …
JE CONSENS À CE QUE TU PRENNES ASUKA POUR ÉPOUSE
… ET "OTOMEN" À LA FOIS
HEIN ?
TU TE TRIMBALLES TOUJOURS AVEC TOUT CET ATTIRAIL DANS TON SAC ?
UN KIT COMPLET DE COUTURE !
…

VOUS AVIEZ DÉCHIRÉ VOTRE DOGI
SANS RENIER …
!
CE QUE JE SUIS
ON DIRAIT BIEN …
QUE JE DOIS M'AVOUER VAINCU
JE SUIS FORT …
VIRIL …

T'AS GAGN !
C'EST GÉNIAL, MON PETIT ASUKA !
ET C'EST ENCORE LE CAS AUJOURD'HUI...
TU AS...
QUEL GRADE ?
JE VEUX ÊTRE PLUS FORT
LE PREMIER DAN
MAIS DEPUIS QUE JE L'AI OBTENU, JE N'AI PAS CHERCHÉ À PROGRESSER
JE VEUX ÊTRE VIRIL
AH !
ATTENDEZ UN INSTANT, S'IL VOUS PLAÎT
VLAF
MAIS...
VLIT

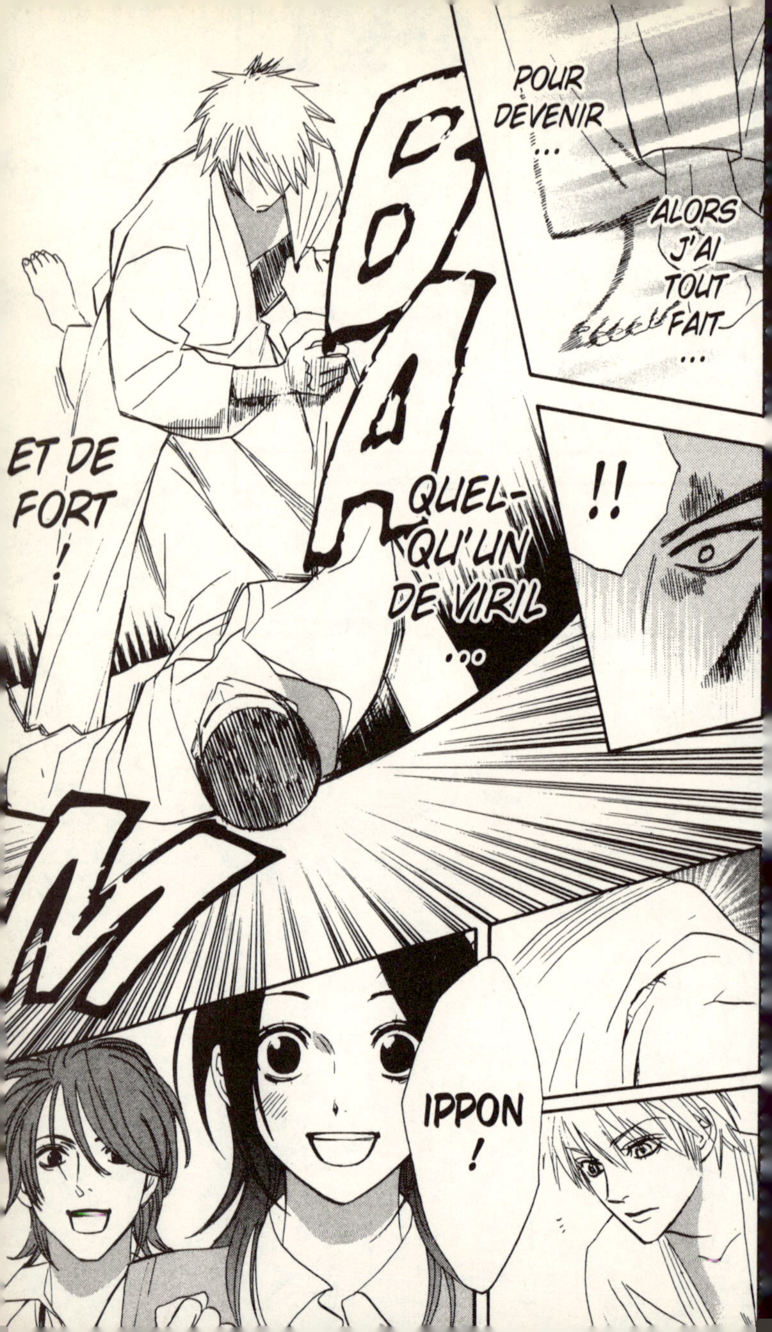
POUR DEVENIR...
ALORS J'AI TOUT FAIT...
!!
QUELQU'UN DE VIRIL...
ET DE FORT !
IPPON !

IMPOS-
SIBLE
...
DE TROUVER UNE OUVERTURE !
VT
MINCE !
!
GRIP
ÇA Y EST !
JE VOULAIS QUE LES AUTRES M'ACCEPTENT ...

LE PREMIER QUI MARQUE UN *IPPON** REMPORTE LE COMBAT
HAJIME** !
* SCORE LE PLUS ÉLEVÉ QU'UN COMBATTANT PEUT OBTENIR EN COMPÉTITION D'ARTS MARTIAUX JAPONAIS.
** COMMENCEZ !

SI TU ARRIVES À ME BATTRE ...
TU AURAS DROIT À TOUT MON RESPECT
LE JUDO, TU ES SÛR DE TOI ?
*得自錬
SALLE D'ENTRAÎNEMENT PRIVÉE
* CENT ENTRAÎNEMENTS POUR ATTEINDRE LE DÉPASSEMENT DE SOI.
TU ES LIBRE DE TON CHOIX MAIS JE TE PRÉVIENS TOUT DE SUITE ...
TU ES MAL TOMBÉ CAR JE SUIS CEINTURE NOIRE DE JUDO ...
SHH
ET JE NE COMPTE PAS TE FAIRE DE CADEAUX
ASUKA AUSSI EST CEINTURE NOIRE DE JUDO, JE CROIS
OUI, MAIS MON PÈRE EST POLICIER ...
ET C'EST AUSSI UN ACHARNÉ DE L'ENTRAÎNEMENT !

MÊME SI JE T'ACCORDE QU'UN HOMME PEUT MANQUER DE VIRILITÉ ...
JAMAIS JE N'ACCEPTERAI QU'IL PUISSE MANQUER DE FORCE, TU M'ENTENDS ?
JAMAIS JE NE TE LAISSERAI MA FILLE ...
SI TU N'ES PAS CAPABLE DE LA PROTÉGER !
JE VEUX QU'IL M'APPRÉCIE ...
MAIS J'EN SUIS CAPABLE !
ALORS, PROUVE-LE-MOI ...
QU'IL M'APPRÉCIE TEL QUE JE SUIS !
ASUKA !

MONSIEUR ...
ASUKA EST UN GARÇON GENTIL ET ADORABLE, IL EST VRAIMENT DOUÉ POUR LA CUISINE ...
ET AUSSI POUR LA COUTURE ...
ET IL N'Y A PAS DE HONTE À ÇA, BIEN AU CONTRAIRE ...
C'EST TOUT À SON HONNEUR
TOUT À FAIT, ET SI TU PERSISTES À DIRE QU'UN HOMME QUI N'EST PAS VIRIL N'EST PAS UN HOMME ...
ALORS MOI, JE NE SUIS PAS UNE FEMME !
...
C'EST VRAI ...
JE DOIS ADMETTRE QUE TU AS UN RÉEL TALENT DE CUISINIER
MAIS ...

OU...
OUI
PAPA, J'AI QUELQUE CHOSE POUR TOI
C'EST PAS AUSSI BIEN QUE LE REPAS D'ASUKA ...
MAIS AU MOINS, C'EST MOI QUI L'AI FAIT
TADAM, JOYEUX ...
ANNI-VERSAIRE PAPA !
質実剛健*
*-AUSTÉRITÉ.
MON ANNIVER-SAIRE ...
JE L'AVAIS COMPLÈTEMENT OUBLIÉ
POUR FAIRE CE GÂTEAU, J'AI DEMANDÉ À ASUKA DE ME DONNER DES COURS DE CUISINE
MAIS BON, COMME TU PEUX LE CONSTA-TER, ÇA N'A PAS SERVI À GRAND-CHOSE
JE VOIS ...

VOUS VOULEZ ...
QUE JE VOUS RES-SERVE ?
CHÉRI !
AKIKO !
SA FEMME→
IL EST HUMBLE ...
JE SUPPOSE QUE C'EST TOI QUI AS ENTIÈREMENT NETTOYÉ LA MAISON ?
AH
OUI
J'EN AVAIS ENVIE
GENTIL ET ATTENTIONNÉ
IL A TOUT DE LA "FEMME PARFAITE"
C'EST BON ?

...
D'AC... D'ACCORD ...
MIAM
TIC
C'EST ... DÉLICIEUX !
ÇA ME RAPPELLE ...
NOS REPAS DE FAMILLE
AH ...
APRÈS TANT D'ANNÉES, JE RETROUVE ENFIN CETTE AMBIANCE CHALEUREUSE À TABLE
MON-SIEUR ...
HOP

MAIS QUI A FAIT TOUT ÇA ?
ÇA NE PEUT PAS ÊTRE RYÔ, ELLE EN EST INCAPABLE
C'EST MOI QUI AI PRÉPARÉ CE REPAS
TOI ?!
QUOI ?! ALORS, TOUTE CETTE NOURRITURE, C'EST UN HOMME QUI ...
ET SI VOUS Y GOÛTIEZ ?
NE SERAIT-CE QU'UN MORCEAU, S'IL VOUS PLAÎT ... PÈRE
MIYAKOZUKA, JE VOUDRAIS QUE TU ME LAISSES ...
ORGANISER LA FÊTE D'ANNIVERSAIRE DE TON PÈRE
VOILÀ ...
JE NE T'AUTORISE PAS À M'APPELER "PÈRE" !
MA FAÇON DE FAIRE !
PAPA !
UN HOMME DIGNE DE CE NOM ...
SE DOIT D'ACCEPTER AVEC GRATITUDE LA GÉNÉROSITÉ DES AUTRES

ÇA SUFFIT, PAPA !!
AUJOUR-D'HUI ...
J'AI INVITÉ ASUKA ET TACHIBANA À LA MAISON ...
PARCE QUE JE VEUX QU'ON FASSE LA FÊTE TOUS ENSEMBLE !
LA FÊTE ?

OUAOUH !
...
BIENVENUE CHEZ VOUS !
TOUT A ÉTÉ NET-TOYÉ ET BRIQUÉ...
QUELLE SURPRISE !
DU SOL AU PLAFOND !
ET TOUS LES PETITS ENDROITS ABÎ-MÉS ONT ÉTÉ CAMOUFLÉS
TOI !
MAIS QU'EST-CE QUE TU VIENS FAIRE CHEZ MOI ?!
JE DÉTESTE LES GAR-ÇONS DE TON ESPÈCE !!
GRRR
JE SAIS ... MAIS JE TIENS À VOUS DIRE ...
TAIS-TOI, J'AI PAS DU TOUT ENVIE DE T'ÉCOUTER ! FOUS LE CAMP, MAINTENANT !!

AVEC MES PROPRES ARMES
DEMAIN ...
C'EST L'ANNIVER-SAIRE DE MON PÈRE
ÇA VOUS DIRAIT DE VENIR CHEZ MOI ...
POUR VOIR LE GÂTEAU QUE J'AI FAIT ?
RYÔ ...
SHA
RA
JE SUIS DE RE...

PARCE QUE, POUR LA PREMIÈRE FOIS, J'AI PU METTRE MON CŒUR À NU
J'AI CONNU LE BONHEUR ...
DE POUVOIR ÊTRE SOI-MÊME
MAIS SI JE NE CHANGE PAS ...
TON PÈRE NE M'ACCEPTERA JAMAIS
ET SI AU LIEU DE CHANGER, TU L'OBLIGEAIS À T'ACCEPTER TEL QUE TU ES ?
COMBATS-LE AVEC TES PROPRES ARMES
OUI ...
LES ARMES D'UN OTOMEN
TEL QUE JE SUIS ?

C'EST CE QUI FAIT LE CHARME ...
DE NOTRE PETITE RYÔ !
...
OUI, TU AS RAISON, JÛTA
C'EST PAREIL POUR TOI, ASUKA, PEU IMPORTE QUE TU SOIS UN *OTOMEN* OU PAS
MOI, JE T'AIME ...
JE T'AIME TEL QUE TU ES !
J'AI COMPRIS ...
POURQUOI ...
C'ÉTAIT DEVENU SI DUR ...
DE RECOMMENCER COMME AVANT

T'AS BEAU ÊTRE UNE FILLE ...
TU VAUX PAS UN CLOU COMME CUISINIÈRE, NI COMME COUTURIÈRE D'AILLEURS !
TACHI-BANA !
SURTOUT, NE LE PRENDS PAS MAL
C'EST PAS UNE CRITIQUE, AU CONTRAIRE ...
JE TROUVE ÇA ADORABLE
T'ES PAS D'ACCORD, ASUKA ?
!
MOI, EN TOUT CAS, LA PETITE RYÔ, JE L'ADORE TELLE QU'ELLE EST ♡
PAS TOI, MON PETIT ASUKA ?
... SI !
BIEN SÛR QUE SI !

J'AI FAIT DES ONIGIRI* !
ENFIN, J'AI ESSAYÉ D'EN FAIRE
J'AI PEUT-ÊTRE UN PEU TROP FORCÉ LA DOSE SUR LES UMEBOSHI
C'EST PIRE QUE ÇA ...
JE TROUVE QUE C'EST UNE TRÈS BONNE IDÉE D'Y AVOIR AJOUTÉ DES TAKUAN**
C'EST VRAI ?!
MAIS BON ...
* BOULETTES DE RIZ FOURRÉES D'UNE UMEBOSHI (PRUNE SALÉE) ET EN PARTIE RECOUVERTE D'UNE FEUILLE D'ALGUE.
** RADIS BLANC MARINÉ.
RESTONS MODESTE. JE SAIS TRÈS BIEN QUE JE NE T'ARRIVERAI JAMAIS À LA CHEVILLE
IL N'Y A QUE TOI QUI SACHES FAIRE DES BENTO ...
À LA FOIS DÉLICIEUX ET SUPERBEMENT PRÉSENTÉS
OUI, MAIS ...
UN HOMME QUI CUISINE ET QUI COUD, C'EST PAS ...
OUAH, LA VACHE ! MAIS C'EST QUOI CES ÉNORMES BOULES, MA PETITE RYÔ, DES ONIGIRI ?!

AH ...
J'AIMERAIS RETROUVER CETTE SEN-SATION QUE J'AVAIS QUAND JE LISAIS DES SHÔJO ...
ASUKA !
MIYAKO-ZUKA !
ÇA TE DIRAIT ...
QU'ON MANGE ENSEMBLE CE MIDI ?
EUH ...
C'EST QUE ...
NE T'INQUIÈTE PAS ...
J'AI PRÉ-PARÉ UN BENTO

AH
...
IL FAUT QUE JE PRÉPARE LES BENTO DE DEMAIN
MINCE ...
J'AI OUBLIÉ QUE J'AVAIS DÉCIDÉ DE NE PLUS EN FAIRE
* L'ESPRIT DE L'HOMME JAPONAIS.
AU DÉPART ...
SI TU VEUX ...
HEIN ?
JE POURRAIS TE FAIRE UN VRAI REPAS, MOI
C'ÉTAIT MON IDÉE
JE VOULAIS QUE MIYAKOZUKA PUISSE GOÛTER À DE LA VRAIE BONNE CUISINE
QUANT À TACHIBANA, CE N'EST QU'UN PIQUE-ASSIETTE
ÇA M'AMUSAIT DE RÉFLÉCHIR À CE QUE J'ALLAIS LUI CONCOCTER
MON PETIT ASUKA, T'ES UN VRAI CORDON-BLEU
C'EST DÉLICIEUX !
ET SURTOUT, ÇA ME FAISAIT TELLEMENT PLAISIR DE LA VOIR SE RÉGALER
...
FIUU
POURQUOI JE ME LAISSE ALLER AU SENTIMENTALISME, MOI ?
** HOMME...
HEBDOMADAIRE SHÔNEN JUNC (7)
L'AMITIÉ !
L'ACTION !
CESSE DE RESSASSER LE PASSÉ, ABRUTI !
BANG
ET PENSE PLUTÔT À L'AVENIR !
SHÔNEN JUNC

* L'ESPRIT DE L'HOMME JAPONAIS. ** SIMPLE ET INÉBRANLABLE.

IL N'A PAS L'AIR D'ALLER BIEN ...
TU NE TROUVES PAS ?
J'AI L'IMPRESSION QU'IL EST PRÉOCCUPÉ
HEIN ?
IL SEMBLERAIT QU'IL AIT DÉCIDÉ DE SE COMPORTER EN VRAI MEC
AH BON ?!
C'EST À CAUSE DE CE QUE MON PÈRE A DIT ?
ET LUI LÀ, C'EST UN HOMME OU UNE FEMME ?!
HUM, SI TU VEUX MON AVIS ...
C'EST PLUTÔT PARCE QU'IL T'AIME

MINCE ...
ÇA ME DÉMANGE, J'AI ENVIE DE LE RECOUDRE !
AAH
TLAC
MAKOTO TANAKA
SHLAC
!
NE T'EXCUSE PAS, C'EST DE MA FAUTE, JE ME SUIS LAISSÉ DIS-TRAIRE
JE SUIS DÉSOLÉ, CAPITAINE !!
NON ...
OUH LÀ ...
MAIS QU'EST-CE QUI M'ARRIVE ?

PAAN
PLACE TES BRAS MIEUX QUE ÇA !!
IL A LA NIAC LE CAPITAINE, AUJOURD'HUI !
OUAIS !
REGAR- DE SES YEUX
GINYURI MASAMUNE
IL A L'ŒIL DU TIGRE !
AAH ...
PLUS FORT, J'EN- TENDS RIEN !!
CRAC
UNE DÉCHIRURE
!

FIIUU
JE SUIS UN HOMME ...
ET AIMER LES SUCRERIES, LA CUISINE, LA COUTURE ET LES PELUCHES ...
C'EST INDIGNE D'UN HOMME
* AUSTÉRITÉ.
J'AI PRIS LA BONNE DÉCISION

MOKA
OPÉRA 250 YENS**
ÉCLAI
180 YENS
BON-JOUR !
QU'EST-CE QUE JE VOUS SERS ?
IL EST BEAU GOSSE ♡
AH
DES GÂTEAUX AU CHOCOLAT, DES MILLE-FEUILLES À LA BANANE, DES TARTES AUX MYRTILLES ...
DES TARTES AUX POM-MES, DES CRÈMES CARAMEL AU SIROP D'ÉRABLE ...
GLOUPS
* 1,29 EUROS. ** 1,54 EUROS. *** 0,73 EUROS. **** 1,10 EUROS.
DU CAFÉ AU LAIT ET AU CARAMEL AVEC UNE TOUCHE DE CHANTILLY ET DE LA SAUCE À LA FRAISE
UN ... UN CAFÉ BIEN NOIR
SANS SUCRE S'IL VOUS PLAÎT
NOS CAFÉS SONT SANS SUCRE À LA BASE
COURT OU LONG ?
VOUS PRÉFÉREZ LE ROSE OU LE BLEU ?
QU'IL EST MIGNON ♡
DISTRIBUTION GRATUITE
LE RO...
EUH, JE VEUX DIRE LE BLEU
NOUVEAUTÉS MANGAS
C'EST LE DERNIER NUMÉRO !
Fleurs et Haricots
SHH

* SORTE DE LIMACE GÉANTE DANS LE MANGA ET DESSIN ANIMÉ *NAUSSICAÄ DE LA VALLÉE DU VENT.*

SI JE DEVENAIS PLUS MAS-CULIN ?
EST-CE QUE JE GAGNERAIS L'ESTIME DE SON PÈRE ...
SI ...
JE RENONCE À ÊTRE UN OTOMEN ...
MON CŒUR
SI J'EN-DURCIS ...
FAITS MAIN
TADAM
VL
VOILÀ, C'EST FAIT
IT

ET LUI LÀ, C'EST UN HOMME OU UNE FEMME ?!
LES HOMMES "VIRILS" ...
...
IL S'EST MIS À DÉNIGRER TOUS LES HOMMES QUI NE SONT PAS ASSEZ FORTS NI ASSEZ VIRILS
AH, C'EST MIGNON ...
MINCE, JE ME SUIS SPONTANÉMENT DIRIGÉ VERS LUI !
VLAF
J'AURAIS AIMÉ ...
QU'IL VOUS CONSIDÈRE COMME MES AMIS
MIYAKOZUKA ...

* 4,30 EUROS.

MIAOU
JE SUIS VRAIMENT DÉSOLÉE, JE VOUS INVITE ...
ET MON PÈRE VOUS JETTE COMME DES MAL-PROPRES
OHH, C'EST PAS SI GRAVE ! ET PUIS, C'ÉTAIT SYMPA DE VOIR OÙ T'HABITES ♡
OUI, ALORS SURTOUT, NE T'EN FAIS PAS POUR ÇA
MON PÈRE ...
A TOUJOURS ACCORDÉ BEAUCOUP D'IMPORTANCE AUX VALEURS MASCULINES
APRÈS LE DÉCÈS DE MA MÈRE, IL S'EST RACCROCHÉ À CES VALEURS ...
"LES HOMMES NE FONT PAS LA CUISINE"
ET IL S'EST MIS À DÉNIGRER TOUS LES HOMMES QUI NE SONT PAS ASSEZ FORTS NI ASSEZ VIRILS ...
LES HOMMES VIRILS ...
ASUKA ...
LES GARÇONS DOIVENT SE COMPORTER EN HOMME
JE SUIS DÉÇUE ...
J'AURAIS AIMÉ ...
QUE MON PÈRE FASSE UN EFFORT ...
ET QU'IL VOUS CONSIDÈ-RE COMME MES AMIS

ET LUI, LÀ, C'EST UN HOMME OU UNE FEMME ?!
IL CUISINE ALORS QU'IL N'A MÊME PAS L'EXCUSE D'ÊTRE CUISTOT !
PIRE ENCORE, IL FAIT UN GÂTEAU !!
LA BOUFFE DES FILLES ET DES ENFANTS !!
C'EST INADMISSIBLE !!!
RYÔ !! NE ME DIS PAS QUE TU SORS AVEC CE MINABLE ?!
PAPA, ARRÊTE ! ASUKA ET TACHIBANA SONT MES AMIS ET JE LES AI INVITÉS À LA MAISON ...
TES AMIS ?!
GRR
C'EST COMME ÇA QUE ÇA COMMENCE ...
MERCI, SOYONS AMIS(6) ♡
ON EST D'ABORD AMIS ET APRÈS ...
RYÔ, JE T'INTERDIS DE FRÉQUENTER CES DEUX DÉGÉNÉRÉS !
SORTEZ DE CHEZ MOI EN VITESSE !!
VLAN

PAPA !
TU ES DÉJÀ RENTRÉ !
ENCHANTÉ, TRÈS CHER MONSIEUR ♡
JE M'APPELLE JÛTA TACHIBANA ! ☆ J'ESPÈRE QUE NOTRE PRÉSENCE NE VOUS DÉRANGE PAS ♡
QUI C'EST CE BOUFFON ?! J'AIME PAS SES MANIÈRES !!
MINCE !
PAPA !
QUE ...

SHRA
TA
TA
RYÔ !
REGARD NOIR
TA
DA
M
QU'EST-CE QUE TU FABRIQUES ?!
AH !

Asuka a une sensibilité et des hobbies totalement opposés aux miens. Aussi, lorsque je dois imaginer ses rêves et ses goûts, j'imagine tout le contraire de ce que j'aime. C'est une bonne méthode, selon moi, pour rendre le personnage crédible.

Quant à Ryô, c'est un garçon manqué, c'est-à-dire l'inverse d'un *otomen*, mais ce n'est pas pour autant qu'elle me ressemble. Quand je la dessine, je m'inspire des *bishônen**, ces éphèbes candides qu'on voit dans les *shôjo*.

* *Bishônen* : terme japonais qui signifie "joli garçon, presque androgyne".

OUAH ! UN CHAMP FLEURI !
T'ES BIEN UN CHEF PÂTISSIER !
ÇA DOIT ÊTRE DU GÂTEAU POUR TOI DE FAIRE ÇA
TROP FORT !
ÇA TE DIT D'ESSAYER À TON TOUR ?
OUI, CHEF !
À VOS ORDRES, CHEF !
MAIS PAS TOI !

* *KYOSHINHEI* : PERSONNAGE DANS LE MANGA ET DESSIN ANIMÉ *NAUSICAÄ DE LA VALLÉE DU VENT* D'HAYAO MIYAZAKI.

* L'ESPRIT DU GUERRIER. ** TERRASSER SON ADVERSAIRE D'UN SEUL ET UNIQUE COUP.

IL NE S'EST JAMAIS OCCUPÉ DES TÂCHES MÉNAGÈRES ...
ET COMME JE NE SUIS PAS BONNE CUISINIÈRE ...
IL N'A JAMAIS PU MANGÉ DE BONS REPAS FAITS MAISON DEPUIS LE DÉCÈS DE MA MÈRE
ALORS, POUR SON ANNIVERSAIRE, JE VEUX LUI FAIRE UN BON GÂTEAU
SON PÈRE ...
PRENEZ GRAND SOIN DE MA FILLE
IL DOIT SÛREMENT RESSEMBLER À ÇA
JE ME DEMANDE COMMENT IL EST ?
MOI, LE SEUL SOU-VENIR QU'IL ME RESTE DE MON PÈRE, C'EST ...
J'AI TOUJOURS VOULU ÊTRE UNE FEMME !!
OUAIS, ÇA LE FAIT PAS
?
JE ME VOIS DÉJÀ LE REN-CONTRER ET SYMPATHISER AVEC LUI
VOIL !
C'EST ICI !
MIYAKOZUKA
CHEZ MIYAKOZUKA ...
FANTASME D'ASUKA

KYAAA !
AH, C'EST ASUKA ♡
ET TACHIBANA AUSSI ♡
MIYAKOZUKA ♡
AAH, IL A TOUJOURS LA CLASSE, ASUKA ♡
J'AIMERAIS BIEN ÊTRE SA PETITE AMIE ♡
J'IMAGINE QUE C'EST UN VRAI CHEVALIER SERVANT !
OUI, OUI
SI VOUS VOULEZ, JE PEUX ÊTRE VOTRE CHEVALIER SERVANT, MOI
HA HA HA, TOI ?
TU PLAISANTES ?! ♡
DIS, MIYAKOZUKA...
POURQUOI...
TU VEUX FAIRE UN GÂTEAU ?
PARCE QUE...
C'EST BIENTÔT L'ANNIVERSAIRE DE MON PÈRE

IL SERAIT BIEN SURPRIS, MON PETIT ASUKA ...
SI JE LUI DISAIS QUE JE SUIS MANGAKA ET QU'IL EST MA MUSE
FINALEMENT, JE NE LUI DIRAI RIEN
DÉSOLÉ ...
MAIS ...
JE N'AI PAS L'INTENTION DE ME VANTER AUPRÈS D'ELLE
EN REVANCHE ...
JE SERAIS PRÊT ...
À FAIRE N'IMPORTE QUOI ...
POUR L'AIDER
C'EST SUPER GENTIL À TOI, ASUKA !
JE T'EN PRIE !
YOUPI ! ALLONS TOUT DE SUITE CHEZ RYÔ !

AMÈNE-TOI PAR LÀ !
VLAF
CHEZ MIYAKOZUKA ? TU ES VRAIMENT SANS-GÊNE, TOI !
FAIS PAS TON TIMIDE, MON PETIT ASUKA !
CE N'EST PAS AVEC CE GENRE D'ATTITUDE QU'ELLE VA TE TOMBER DANS LES BRAS !
MAIS QU'EST-CE QUE TU RACONTES ?
TE FOUS PAS DE MOI, TU VEUX ! T'ES BIEN AMOUREUX D'ELLE, NON ?
ALORS MONTRE-LUI DE QUOI T'ES CAPABLE, TU DOIS L'IMPRESSIONNER, MEC !
TU LUI AS DIT QUE TU L'AIMAIS, ÇA A L'AIR DE LUI AVOIR PLU ET DEPUIS, PLUS RIEN. JE PIGE QUE DALLE, MOI !
...
OUI
MAIS POURQUOI TU TE SOUCIES AUTANT DE MOI ?
BEN... PARCE QUE... SI VOTRE RELATION N'ÉVOLUE PAS, C'EST MORT POUR MON MANGA
HEIN ?
TON MANGA ?
NON, NON !
JE ME SOUCIE SEULEMENT DU BONHEUR DE MON POTE
DEPUIS QUAND ON EST POTES ?

MIYAKOZUKA …
GLOUPS
ELLE A DIT QUE C'ÉTAIT VACHE-MENT BIEN
QU'IL EST TROGNON, MON PETIT ASUKA
TU ES QUELQU'UN DE SURPRE-NANT, ASUKA
TU ES DOUÉ POUR LA CUISINE ET LA COUTURE
JE NE PEUX PAS EN DIRE AUTANT DE MOI
C'EST ASSEZ GÊNANT À AVOUER, MAIS EN CE MOMENT, JE M'ENTRAÎNE À FAIRE DES GÂTEAUX …
ET MALGRÉ TOUS MES EFFORTS, JE LES RATE TOUJOURS
ELLE "S'EN-TRAÎNE" ?
MAIS POURQUOI SE PRENDRE LE CHOU, MA PETITE RYÔ !
BAH OUI ! PUISQUE T'AS DEVANT TOI …
UN CHEF PÂTISSIER ! ♡
PAS VRAI, CHEF ASUKA ?!
QUOI ?!
C'EST DÉCIDÉ, ON VA TOUS CHEZ RYÔ POUR UN COURS DE PÂTISSERIE !
!

...
UN OTOMEN ?
OUI !
C'EST UN GARÇON QUI AIME TOUT CE QUI EST CHOUPINOU
IL AIME AUSSI CUISINER, COUDRE ET LIRE DES *SHÔJO*
CE N'EST PAS QU'IL VEUILLE CHANGER DE SEXE, C'EST JUSTE QU'IL A LA SENSIBILITÉ D'UNE FEMME
VOILÀ, C'EST ÇA, UN OTOMEN !
MAIS QUI A INVENTÉ CE MOT DÉBILE ?
C'EST MOI !
TOI ?!
PFF, IL N'Y A VRAIMENT PAS DE QUOI ÊTRE FIER ...
D'ÊTRE UN OTOMEN !
AU CONTRAIRE !
JE TROUVE ÇA VACHEMENT BIEN !

T'ES LE CHAMPION NATIONAL DE KENDO !
EN PLUS DE ÇA, T'ES CEINTURE NOIRE DE JUDO ET DE KARATÉ
QUI CROIRAIT ...
QUE L'IN-CROYABLE ASUKA ...
SAIT FAIRE DES *BENTO* TOUT MIGNONS ...
ET QUE C'EST UN "OTOMEN" ♡

UN HOMME ...
NE DEVRAIT PAS SE RÉJOUIR DE NE PAS AVOIR D'ADVERSAIRE
AH ... PARDON, CAPITAIN !
IL DÉCHIRE NOTRE CAPITAINE !
JE VOUDRAIS ÊTRE COMME LUI
IL EST L'ESSENCE MÊME DU MÂLE !
C'EST BIEN DIGNE DU CAPITAINE !
IL N'Y A QUE DANS L'ESPRIT DE COMPÉTITION QU'UN HOMME PEUT SE SURPASSER !
C'EST QUAND MÊME DINGUE !

LES GARÇONS DOIVENT ...
ÊTRE FORTS ET VIRILS
DAH
IPPON * !!
COMME AU JUDO, LE POINT QUI DONNE LA VICTOIRE AU KENDO SE DIT IPPON.
FÉLICITATIONS, MON CAPITAINE !
C'EST LA DEUXIÈME ANNÉE CONSÉCUTIVE QUE VOUS REMPORTEZ LE CHAMPIONNAT !
VOUS ÊTES SANS ADVERSAIRE, CAPITAINE !
C'EST GÉNIAL !

ÊTRE UNE FEMME !!
VLAN
BOUUUM
MAMAN !
MAMAN ?!
CAR TOI, TU SERAS UN HOMME, UN VRAI !
LES GARÇONS DOIVENT ...
ASUKA, JE T'EN SUPPLIE ...
NE DEVIENS PAS COMME TON PÈRE ...
GNI

OTOMEN (5) (HOMME EFFÉMINÉ) ...
GARÇON QUI A UN MODE DE PENSER, DES GOÛTS ET DES OCCUPATIONS PROPRES AU SEXE FÉMININ
ATTENDS, CHÉRI !
POURQUOI ?!
DIS-MOI QUELQUE CHOSE, JE T'EN SUPPLIE !
JE SUIS DÉSOLÉ ...
MAIS J'AI TOUJOURS VOULU ...

OTOMEN

Otomen

ET PAR-DESSUS TOUT ...
ÇA VA PEUT-ÊTRE PAS LUI PLAIRE DE SAVOIR QUE JE ME SUIS SERVI DE LUI COMME MODÈLE POUR CRÉER MON HÉROÏNE
N'EMPÊ-CHE ...
ELLES AIMENT ...
Éditions Tout
LOVe T
Jewel Sachiha
MON PRINCE CHARMANT

AVEC PLAISIR !
LES FILLES AIMENT ...
LA CUISINE ...
AH, MON PETIT ASUKA, TU ES VRAIMENT EXTRA
LA COUTURE ...
CELLE QUI JOUE MON RÔLE N'EST PAS MAL NON PLUS ♡
LES HISTOIRES D'AMOUR ...
UN JOUR, FAUDRA BIEN QUE JE LUI AVOUE MON SECRET ...

JE ...
ET MOI AUSSI ...
JE T'AIME, MIYAKOZUKA
J'AI ENVIE DE TE PROTÉGER

SALE CONNE !
MIYAKOZUKA ...
DEPUIS QUE JE T'AI RENCONTRÉE ...
JE ME DÉVOILE DE PLUS EN PLUS
ET QUAND JE TE REGAR-DE DANS LES YEUX ...
JE ME RENDS COMPTE ...
QUE JE NE PEUX PLUS TAIRE MES SENTIMENTS !

ASUKA ...
JE TE TROUVE ADORABLE
ET QUAND JE SUIS AVEC TOI ...
J'AI ENVIE DE TE PROTÉGER

ATTEN-TION !
BOUM
MI...
SURPRIS, PAS VRAI ? EN RÉALITÉ, JE PRATIQUE LES ARTS MAR-TIAUX DEPUIS QUE JE SUIS TOUTE PETITE
C'EST POUR ÇA QUE J'ADMIRE LES HOMMES VIRILS, J'AURAIS AIMÉ ÊTRE COMME EUX !

ÇA NE ME PLAIRAIT PAS DE MENTIR ...
À LA PERSONNE QUE J'AIME
J'AIMERAIS ...
QU'ELLE SACHE QUI JE SUIS RÉELLEMENT
C'EST VRAI ...
JE NE SUIS PAS ...
MÊME SI ...
CELUI QU'ON CROIT
JUSQU'À AUJOURD'HUI ...
J'AI TOUJOURS JOUÉ LA COMÉDIE
ON REFUSE DE M'ACCEPTER TEL QUE JE SUIS
POUSSE-TOI DE LÀ, TOI !
LAISSE-MOI FAIRE, ASUKA !

J'AI SURPRIS VOTRE PETITE DISCUSSION À TACHIBANA ET TOI, SUR LE TOIT ♡
L'AUTRE JOUR, TU M'AS BIEN FOUTU LA HONTE. TU T'EN SOUVIENS, J'ESPÈRE ?
PARCE QUE CE SOIR, JE VAIS ME VENGER. J'AI RAMENÉ DE QUOI T'ÉCLATER BIEN COMME IL FAUT !
VLAF
ALORS LES LETTRES, C'ÉTAIT ...
EH OUAIS ! ON VOUS A BIEN EUS, HEIN ?
CE TYPE, IL A LA RÉPUTATION D'ÊTRE UN VRAI MEC ...
MAIS EN RÉALITÉ, TOUT ÇA, C'EST UNE FAÇADE
CE MEC N'EST RIEN D'AUTRE QU'UNE TAFIOLE !

JE N'AI PLUS AUCUN DOUTE ...
JE SUIS BIEN AMOUREUX ...
DE MIYAKOZUKA
EH, LES GARS !
REGARDEZ QUI SE FAIT PROTÉGER PAR UNE GONZESSE !
VOUS ...
ALORS, C'ÉTAIT PAS DU BIDON, LE GRAND CAP'TAINE A PEUR DU NOIR ET DES FANTÔMES
LE CAP'TAINE MASAMUNE !
DE QUOI D'AUTRE ENCORE ? AH OUI, DES GRENOUILLES ET DES SER-PENTS
!

NE T'INQUIÈTE PAS ...
TOUT VA BIEN SE PASSER

ON NOUS A FAIT UNE BLAGUE ?
JE NE SAIS PAS ...
MAIS IL VAUT MIEUX QU'ON NE TRAÎNE PAS ICI
...
FLAP FLAP
MIAOUU
CE N'EST QU'UN PETIT SQUELETTE DE RIEN DU TOUT !
MAIS FAISONS VITE QUAND MÊME
VLAF
ASUKA ...

GRIII
...
ZUT ...
JE SUIS BEAUCOUP TROP EN AVANCE !
!
ASUKA ...
GLOUPS
MIYAKOZUKA !
AH !
TU VOULAIS ME PARLER ?
Réjoins-moi à 20h ce
dans le local de dép
bâtiment annexe.
Je voudrais te pa
Ryô Miyakozu
-moi à 20h ce soir
ocal de dépôt du
annexe.
te parler
asamune

Cher Asuka
Grr
Réjoins-moi à 20h ce soir dans le local de dépôt du bâtiment annexe. Je voudrais te parler
Ryô Miyakozuka
GRAH
DE QUOI ELLE VEUT ME PARLER ?
C'EST DÉSERT
D'APRÈS LES RUMEURS ...
CE BÂTIMENT EST HANTÉ
IL A PEUR DES FANTÔMES

J'AIME-RAIS POUVOIR ...
ÊTRE MOI-MÊME QUAND JE SUIS AVEC ELLE
MÊME SI ...
MÊME SI LES AUTRES REFUSENT DE M'ACCEP-TER COMME JE SUIS ...
J'AIMERAIS POUVOIR ...
ÊTRE MOI-MÊME ...
QUAND JE SUIS AVEC LUI
à suivre
MAIS QUAND EST-CE QUE TU VAS LUI DIRE QUE TU L'AIMES ?!
C'EST ÉNERVANT, À LA FIN ! BOUGE-TOI, ASUKA !
ELLE M'A FAIT PEUR ...
J'AI CRU QU'ELLE S'ADRES-SAIT À MOI
C'EST VRAI QUE L'HÉROÏNE DE LOVE TIC PORTE LE MÊME PRÉNOM QUE MOI

...
AUX DERNIÈRES NOUVELLES ...
IL EST DEVENU UNE NEWHALF(4) ET TRAVAILLE DANS UNE VILLE LOINTAINE
MA MÈRE NE S'EN EST JAMAIS REMISE ET ELLE A TOUT FAIT POUR QUE JE NE SUIVE PAS LES TRACES DE MON PÈRE ...
ELLE S'EST LITTÉRALEMENT EFFONDRÉE LE JOUR OÙ ELLE A DÉCOUVERT QUE JE PRÉFÉRAIS LES JEUX DE FILLES AUX JEUX DE GARÇONS
POURTANT, JE NE SUIS PAS COMME MON PÈRE
MAIS ...
OUAIS, JE VOIS, ÇA RESTE TOUT AUSSI TRAUMATI-SANT
ET TU T'IMAGINES QUE, TOUT COMME TA MÈRE, LA PETITE RYÔ NE T'ACCEPTERA PAS TEL QUE TU ES
TOUT CE QUE JE PEUX TE DIRE ...
C'EST QUE MOI, ÇA NE ME PLAIRAIT PAS DE MENTIR ...
À LA PERSONNE QUE J'AIME

TOI, TU AS LA CHANCE DE POUVOIR VIVRE SANS AVOIR À TE CACHER
TU NE PEUX PAS ME COMPRENDRE !
MOI AUSSI, J'AI MES PETITS SECRETS, JE TE SIGNALE !
NE ME SOUS-ESTIME PAS, S'IL TE PLAÎT !
MON PÈRE...
CHÉRI !
NOUS A ABANDONNÉS MA MÈRE ET MOI, QUAND J'ÉTAIS PETIT
POURQUOI ?!
DIS-MOI QUELQUE CHOSE, JE T'EN SUPPLIE !
JE SUIS DÉSOLÉ...
MAIS...
J'AI TOUJOURS VOULU...
ÊTRE UNE FEMME !!

MA VÉRITABLE PERSONNALITÉ ? DE QUOI TU PARLES ?
ALORS ... EN PLUS DE LA COUTURE ET DE LA CUISINE, TU ADORES TOUT CE QUI EST MIMI, DOUX ET BRILLANT
TU PRÉFÈRES LE CAFÉ AU LAIT ET AU CARAMEL AU CAFÉ TOUT COURT, TU PRÉFÈRES AUSSI LE ROSE AU BLEU ...
TU DÉTESTES LES SERPENTS, LES GRENOUILLES, LE NOIR ET LES HISTOIRES QUI FONT PEUR ...
TU LIS DES ROMANS D'AMOUR ET DES *SHÔJO* ET POUR FINIR, TU PENSES COMME UNE FILLE
VOILÀ, C'EST DE CET ASUKA-LÀ DONT JE TE PARLE !
MAIS ...
COMMENT TU SAIS TOUT ÇA ?
DANS LES DÉTAILS EN PLUS
EH BIEN ...
POUR TOUT TE DIRE ...
ÇA FAIT UN MOMENT QUE JE T'OBSERVE
...

HEIN ? MAIS QU'EST-CE QUE TU ...
PAS LA PEINE DE ME MENTIR !
ÇA CRÈVE LES YEUX QUE TU L'AIMES
TU AS PEUR QU'ELLE TE REJETTE ...
SI ELLE DÉCOUVRE TA VÉRITABLE PERSONNA-LITÉ ?
LE COURANT PASSE TRÈS BIEN ENTRE VOUS DEUX
J'EN SUIS MÊME JALOUX
SI J'AVAIS ÉTÉ TOI, Y A BELLE LURETTE QUE JE LUI AURAIS FAIT MA DÉCLARATION
...
J'AI UN FAI-BLE POUR LES HOMMES VIRILS

ASUKA …
LES GARÇONS DOIVENT SE COMPORTER EN HOMMES
LES HOMMES VIRILS …
DIS-MOI, MON PETIT ASUKA …
T'ATTENDS QUOI POUR LUI DÉCLARER TA FLAMME ?!

JE NE SAVAIS PAS QUE C'ÉTAIT SI AGRÉABLE ...
JE ME SUIS SURPASSÉ AUJOURD'HUI
DE CUISINER POUR QUELQU'UN QU'ON APPRÉCIE
OUAH ! ÇA FORCE LE RESPECT !
C'EST EXTRAORDINAIRE QU'UN GARÇON SACHE AUSSI BIEN CUISINER !
C'EST TON GENRE, LES MECS QUI CUISINENT ?
BAH, DANS CE CAS, JE VAIS ME METTRE AUX FOURNEAUX !
EH BIEN, JE N'AI PAS SPÉCIALEMENT DE GENRE ...
MAIS JE DOIS AVOUER QUE J'AI UN FAIBLE POUR LES HOMMES VIRILS

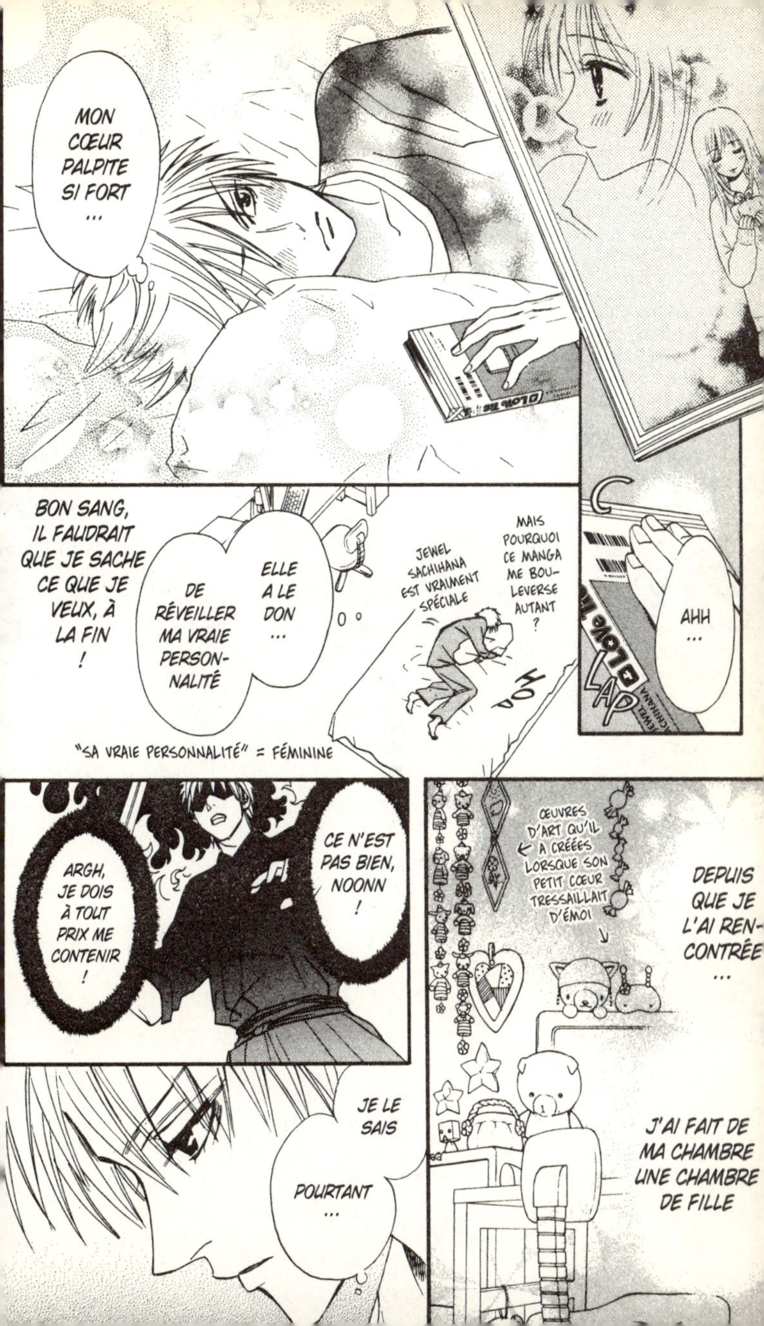
MON CŒUR PALPITE SI FORT ...
AHH ...
MAIS POURQUOI CE MANGA ME BOULEVERSE AUTANT ?
JEWEL SACHIHANA EST VRAIMENT SPÉCIALE
ELLE A LE DON ...
DE RÉVEILLER MA VRAIE PERSONNALITÉ
BON SANG, IL FAUDRAIT QUE JE SACHE CE QUE JE VEUX, À LA FIN !
"SA VRAIE PERSONNALITÉ" = FÉMININE
DEPUIS QUE JE L'AI RENCONTRÉE ...
ŒUVRES D'ART QU'IL A CRÉÉES LORSQUE SON PETIT CŒUR TRESSAILLAIT D'ÉMOI
J'AI FAIT DE MA CHAMBRE UNE CHAMBRE DE FILLE
CE N'EST PAS BIEN, NOONN !
ARGH, JE DOIS À TOUT PRIX ME CONTENIR !
JE LE SAIS
POURTANT ...

ENCHANTÉE, MOI C'EST AYA KANNO !

MON STYLE DE DESSIN NE CORRESPOND PAS DU TOUT À L'UNIVERS TRÈS FÉMININ ET *KAWAI** DES *SHÔJO* MANGAS TRADITIONNELS. DU COUP, POUR CETTE SÉRIE, JE ME FORCE À UTILISER LES CODES GRAPHIQUES DU *SHÔJO*. EN TOUT CAS, J'ESPÈRE QUE TOUS MES EFFORTS NE SE VOIENT PAS TROP !

EN FAIT, JE → TROUVE ÇA ASSEZ AMUSANT DE FAIRE CE GENRE DE DESSIN.

* MIGNON.

COOL ! JE SUIS PRESSÉ QU'IL SOIT MIDI ! ♡
J'AI FAIT DES MAKI*
ALORS MON PETIT ASUKA, QU'EST-CE QUE TU NOUS AS FAIT DE BON À MANGER, AUJOURD'HUI ?
MÉCHANTE PRISE DE JUDO
MAIS POURQUOI JE PRÉPARE AUSSI À MANGER POUR LUI ?
MERCI ASUKA !
IL N'Y A PAS DE QUOI !
* RIZ ACCOMPAGNÉ DE POISSONS OU DE LÉGUMES, LE TOUT ENROULÉ DANS UNE FEUILLE D'ALGUE SÉCHÉE.
CES DERNIERS TEMPS, ILS SONT TOUJOURS FOURRÉS ENSEMBLE, CES TROIS-LÀ
POURTANT, ILS N'ONT RIEN EN COMMUN
BLA
IL PARAÎT QU'ILS SE RETROUVENT TOUS LES MIDIS POUR MANGER DE DÉLICIEUX *BENTO* ...
BLA
ET C'EST MIYAKOZUKA QUI LES FAIT
JE SUIS VERTE !
PARFAIT ! ILS IGNORENT LA VÉRITÉ
TOUS LES TROIS, ON DIRAIT DES MANNEQUINS ...
TOUT DROIT SORTIS D'UN MAGAZINE DE MODE
ILS SONT BEAUX
OUI, Y A PAS À DIRE

MMMH, C'EST TROP BOOON !
ASUKA, T'ES UN GÉNIE !
BON APPÉTIT !
C'EST DIVIN !!
AH, JE SUIS CONTENT QUE ÇA TE PLAISE !
AH
SI ...
SI TU VEUX, JE TE PRÉPARERAI UN *BENTO* TOUS LES JOURS
MA PETITE RYÔ ! ♡

JE VEUX... L'AIDER
MOI AUSSI JE VIENS D'UNE FAMILLE MONOPARENTALE. MES PARENTS ONT DIVORCÉ QUAND J'ÉTAIS PETIT
ASUKA...
LE LENDEMAIN
OUAH !! ÇA A L'AIR DÉLICIEUX !!
T'ASSURES COMME UNE BÊTE, MON PETIT ASUKA !
JE POURRAIS TE SAUTER DESSUS ♡
MAIS QU'EST-CE QU'IL FAIT LÀ, CELUI-LÀ ?

OUI, C'EST BIEN DU CONCOMBRE
CROC CROC
ELLE EST COURAGEUSE !
DÉSOLÉE, JE SAIS BIEN QUE CE N'EST PAS DE LA GRANDE CUISINE
MAIS C'EST QUE JE N'AI AUCUN TALENT CULINAIRE
TU PRÉPARES TES *BENTO* TOI-MÊME ?
OUI
MA MÈRE EST MORTE QUAND J'ÉTAIS PETITE...
QUANT À MON PÈRE, IL N'A JAMAIS MIS LES PIEDS DANS UNE CUISINE
ELLE MANGE LA TÊTE DU POISSON !
DU COUP, JE NE ME SOUVIENS MÊME PLUS DE QUAND DATE MON DERNIER VRAI REPAS
ET CE N'EST SÛREMENT PAS MOI QUI VAIS RÉUSSIR À EN FAIRE UN
AH...
JE VOUDRAIS TANT...
MIYAKOZUKA...
FAIRE QUELQUE CHOSE POUR ELLE
SI TU VEUX...
JE POURRAIS TE FAIRE UN VRAI REPAS, MOI
HEIN ?
TU FERAIS ÇA ?!
BEN, À VRAI DIRE, J'EN AI UN PEU MARRE DE MANGER DES SANDWICHS, ALORS ÇA TOMBE PLUTÔT BIEN

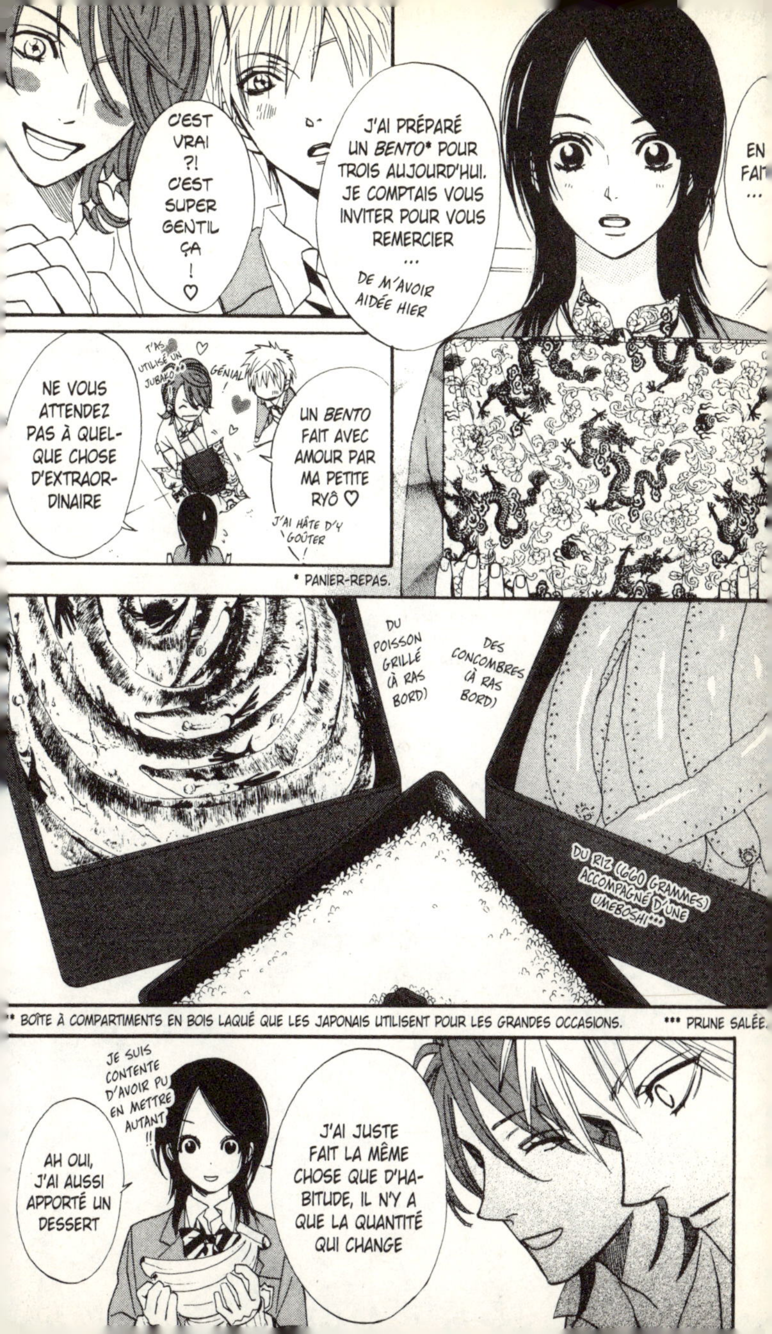
EN FAIT ...
J'AI PRÉPARÉ UN BENTO* POUR TROIS AUJOURD'HUI. JE COMPTAIS VOUS INVITER POUR VOUS REMERCIER ...
DE M'AVOIR AIDÉE HIER
C'EST VRAI ?! C'EST SUPER GENTIL ÇA ! ♡
UN BENTO FAIT AVEC AMOUR PAR MA PETITE RYÔ ♡
J'AI HÂTE D'Y GOÛTER !
GÉNIAL !
T'AS UTILISÉ UN JUBAKO** ♡
NE VOUS ATTENDEZ PAS À QUELQUE CHOSE D'EXTRAORDINAIRE
* PANIER-REPAS.
DES CONCOMBRES (À RAS BORD)
DU POISSON GRILLÉ (À RAS BORD)
DU RIZ (660 GRAMMES) ACCOMPAGNÉ D'UNE UMEBOSHI***
** BOÎTE À COMPARTIMENTS EN BOIS LAQUÉ QUE LES JAPONAIS UTILISENT POUR LES GRANDES OCCASIONS.
*** PRUNE SALÉE.
J'AI JUSTE FAIT LA MÊME CHOSE QUE D'HABITUDE, IL N'Y A QUE LA QUANTITÉ QUI CHANGE
JE SUIS CONTENTE D'AVOIR PU EN METTRE AUTANT !!
AH OUI, J'AI AUSSI APPORTÉ UN DESSERT

MA VRAIE NATURE EST EN TRAIN DE REPRENDRE LE DESSUS
IL FAUT À TOUT PRIX QUE JE ME RESSAISISSE
COUCOU ! MA PETITE RYÔ ADORÉE ! ♡♡♡
BUSHIDO : LA VOIE DU GUERRIER.
TU VIENS SPÉCIALEMENT POUR MOI ? COMME C'EST TOUCHANT ! ♡
HEIN ?
ÇA TE BRANCHERAIT QU'ON MANGE ENSEMBLE, RIEN QUE TOI ET MOI, SUR LE TOIT ?
AH ...
EH BIEN ... JE SUIS D'ACCORD, ALLONS-Y !
MAIS SI ASUKA VIENT AUSSI ALORS !

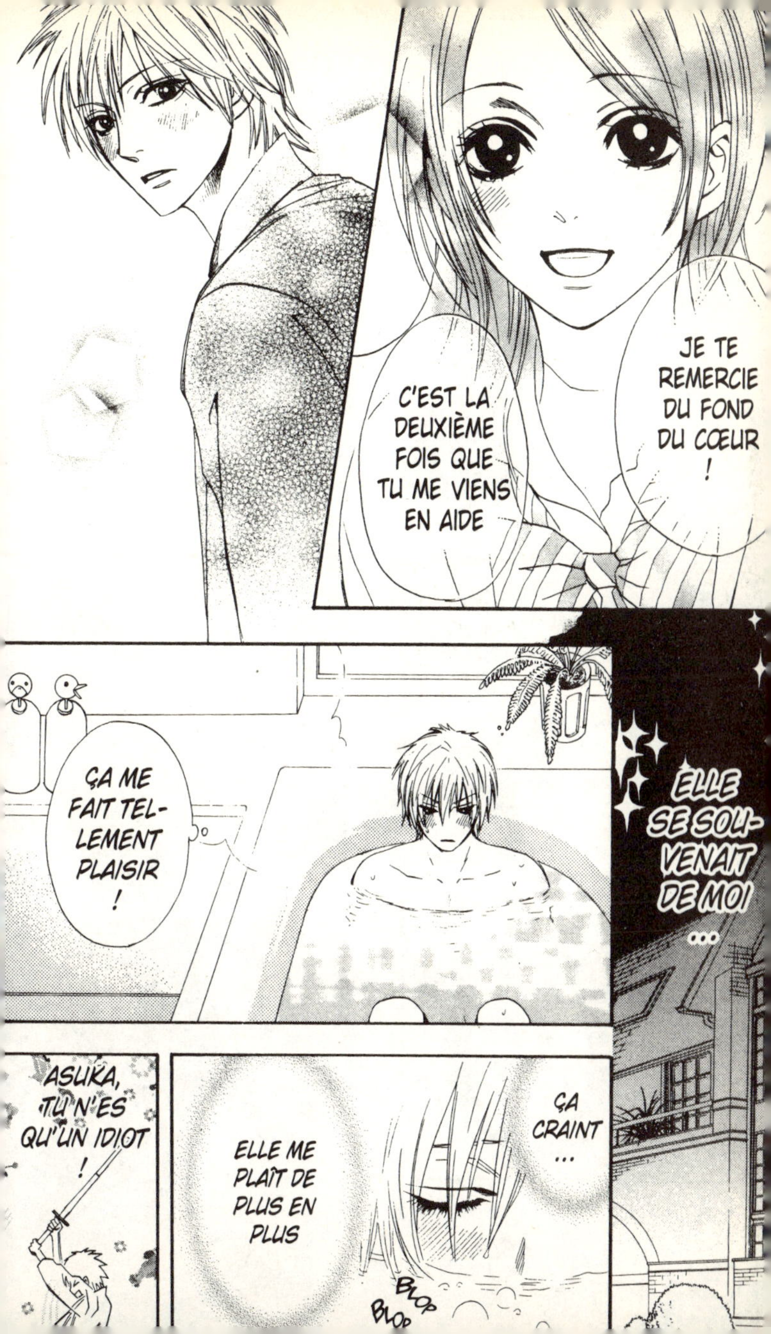
JE TE REMERCIE DU FOND DU CŒUR !
C'EST LA DEUXIÈME FOIS QUE TU ME VIENS EN AIDE
ELLE SE SOUVENAIT DE MOI ...
ÇA ME FAIT TELLEMENT PLAISIR !
ÇA CRAINT ...
ELLE ME PLAÎT DE PLUS EN PLUS
BLOP BLOP
ASUKA, TU N'ES QU'UN IDIOT !

C'EST MAGNIFIQUE !!
ET DIRE QUE C'EST NOTRE PETIT ASUKA QUI A PRESQUE TOUT CONFECTIONNÉ
MAIS C'EST QUE C'ÉTAIT TELLEMENT AGRÉABLE...
TU DOIS AVOIR L'HABITUDE DE COUDRE !
NON, NON, JE T'ASSURE !
MOI-MÊME, JE SUIS SURPRIS DU RÉSULTAT !
TU AS FAIT UN TRAVAIL FANTASTIQUE, ASUKA !
TOUT EST SI MIGNON, EN PLUS !
J'EN AI PEUT-ÊTRE UN PEU TROP FAIT, LÀ !
MAIS QU'EST-CE QUE JE VIENS DE FAIRE, MOI ?
J'ÉTAIS CENSÉ L'OUBLIER !
BON BEN, IL EST TEMPS QUE JE M'EN AILLE
HEIN ? MOI AUSSI ?
ASUKA !

MAIS TU T'Y CONNAIS EN COUTURE, AU MOINS ?
POUR MON DEVOIR ...
MERCI BEAUCOUP
JE DOIS FAIRE UNE CRÉATION LIBRE À PARTIR DE CES CARRÉS DE TISSUS
JE NE SUIS VRAIMENT PAS HABILE DE MES MAINS
C'EN EST DÉSESPÉRANT
SI JE M'AT-TENDAIS À ÇA ...
ELLE EST SUPER NULLE EN COUTURE ?!
PIC
AH ...
TU PIQUES ICI
JUSTE LÀ
RAPPROCHEMENT
J'AI ENVIE ...
DE FAIRE QUELQUE CHOSE POUR ELLE
ENSUITE, TU SURFILES LES BORDS
VOILÀ ...
TU VOIS, SI TU ASSEM-BLES CES DEUX MORCEAUX DE TISSUS ...
ÇA DONNE ÇA. AUTREMENT, AVEC CELUI-LÀ, LE RENDU N'EST PAS MAL NON PLUS

TIENS, MON PETIT ASUKA !
EUH ...
JE ...
COMME TU VOIS, JE SUIS EN TRAIN D'AIDER RYÔ À FAIRE SES TRAVAUX DE COUTURE ♡
VOILÀ !
NE NOUS DÉRANGE PAS, S'IL TE PLAÎT !
JE TE REMERCIE, MAIS ...
VOYONS, PAS DE ÇA ENTRE NOUS. JE SAIS BIEN QUE SI T'AS PAS FINI AUJOURD'HUI, TU NE POURRAS PAS RENTRER CHEZ TOI
VLIIIP
OH ?
DANS CE CAS ...
MOI AUSSI, JE VAIS T'AIDER

TU NE VERRAS PAS D'INCONVÉNIENT À CE QUE JE TENTE LE COUP
NON !!
SALLE DE TRAVAUX MÉNAGERS
!
TAP TAP
MAIS CAPITAINE, ET LE CLUB ?!
KYAAA, C'EST ASUKA ! C'EST EXCITANT DE LE VOIR EN PLEIN EFFORT !
OUIIII !
NON ...
ARRÊTE, S'IL TE PLAÎT !
POURQUOI ? IL N'Y A PAS DE SOUCI À SE FAIRE PUISQU'ON EST SEULS
OUI, MAIS JE TROUVE ÇA ASSEZ GÊNANT
DÉTENDS-TOI ET LAISSE-MOI FAIRE
ÇA SUFFIT !!
AH
ZUT !
JE ME SUIS TROMPÉ
TU ES SÛR QUE ÇA VA ALLER ?

HAL...
...LU...
...CI...
...NANT !
GLAUPS !
AH
TU ES EN TRAIN DE LIRE *LOVE-TIC* ?
J'AI VRAIMENT HÂTE DE CONNAÎTRE LA SUITE
L'AUTEURE
JEWEL SACHIHANA EST VRAIMENT SENSAS
JE L'ADORE !
ET PUIS, JE TE PARLE MÊME PAS DE L'HÉROÏNE, ASUKA !
CARRÉMENT !
...
FRANCHEMENT, JE NE VOIS PAS CE QUE LES FILLES TROUVENT DE SI GÉNIAL DANS LES *SHÔJO* ...
ÇA NE PARLE QUE D'AMOUR ...
C'EST LE GENRE DE TRUC QU'ON N'ARRIVERA JAMAIS À COMPRENDRE, NOUS LES MECS, PAS VRAI CAPITAINE ?
HEIN ?
EUH OUAIS ... T'AS RAISON
JE NE SAVAIS PAS QUE LE DERNIER NUMÉRO ÉTAIT SORTI
EN TOUT CAS, S'IL Y A QUELQU'UN QUI A BESOIN DE LIRE DES *SHOJÔ* ...
C'EST BIEN CE PORC DE TACHIBANA ! ÇA LE CALMERAIT
TU SAIS, TOUT À L'HEURE, JE L'AI VU DANS LA SALLE DE TRAVAUX MÉNAGERS ...
C'EST CLAIR QU'IL A JETÉ SON DÉVOLU SUR ELLE !
IL ÉTAIT AVEC MIYAKOZUKA DE LA CLASSE TROIS
LA PAUVRE, SI ELLE SAVAIT CE QUI L'ATTEND. UNE FOIS QU'IL AURA FINI DE S'AMUSER, IL LA JETTERA, COMME TOUTES LES AUTRES
QUEL SALAUD !

QUE ...
QU'EST-CE QU'IL A DIT ?!
QU'EST ...
QU'EST-CE QUE TU SOUS-ENTENDS ?!
HU HU !
EH BIEN ...
QUE JE VAIS TE LE VOLER !

MAIS QUI C'EST ?!
TU ES DANS MA CLASSE ...
ELLE EST NOUVELLE, ÇA FAIT QUE DEPUIS TROIS SEMAINES QU'ELLE EST DANS NOTRE BAHUT
ELLE EST MIGNONNE HEIN ? ♡
JE SUIS SÛR QU'ELLE TE PLAÎT !
?!
N'EST-CE PAS, MON PETIT ASUKA ? ♡
MAIS ... NON, PAS DU TOUT !
VLAF
ELLE NE ME FAIT AUCUN EFFET !
BEN VOYONS ...
AH BON ?
DANS CE CAS ...
TU NE VERRAS PAS D'INCONVÉNIENT À CE QUE JE TENTE LE COUP !

JE NE CONNAIS NI SON PRÊNOM NI SA CLASSE
MAIS C'EST PEUT-ÊTRE MIEUX COMME ÇA, CE SERA MOINS DUR DE L'OUBLIER ...
UNE FOIS QU'ELLE SERA SORTIE DE MA TÊTE ...
TOUT POURRA REDEVENIR COMME AVANT
MINCE, IL A FALLU QUE JE TOMBE SUR ELLE !
J'AI L'IMPRESSION DE CONNAÎTRE LES FILLES QUI SONT AVEC ELLE ...
SI ÇA SE TROUVE, ELLE EST EN PREMIÈRE, COMME MOI ?!
ELLE EST EN PREMIÈRE, CLASSE TROIS
ELLE S'APPELLE RYÔ MIYAKOZUKA
ELLE FAIT 1 MÈTRE 60 POUR 45 KILOS, ET SES MENSURATIONS SONT 80, 57 ET 79

ON VOIT QU'IL A UNE GRANDE MAÎTRISE DE LUI-MÊME
IL EST DOUÉ POUR LES ÉTUDES, ET EN PLUS, SA MÈRE EST ADMINISTRATRICE GÉNÉRALE DU LYCÉE
NE ME DIS PAS QUE TU AS DES VUES SUR LUI, YURAKIN ?
POURQUOI CHERCHER AILLEURS ALORS QUE TU AS LA MÊME CHOSE SOUS LA MAIN ?
TU RIGOLES, J'ESPÈRE ?! LUI ET TOI, C'EST LE JOUR ET LA NUIT
SALE PORC EN RUT !
TU ES CRUELLE !
C'EST QU'À FORCE DE SE TAPER DES TRUCS MOUS, ON FINIT PAR AVOIR ENVIE DE DÉGUSTER DES CHOSES PLUS DURES !
BLA BLA
OUH, LA PETITE COCHONNE !
JUSQUE-LÀ, TOUT VA BIEN
LA JOURNÉE S'EST PASSÉE SANS ENCOMBRE ...
ALORS CE ASUKA, CE SERAIT UN VRAI MEC VIRIL ...
MOUAIS ...
T'ES LOURD !
QUAND J'Y PENSE ...

SWII
MAGNIFIQUE !
ÇA Y EST, ÇA ME REPREND !
EN PLUS, CETTE PELUCHE EST D'UNE PERFECTION !
PLAAF
AÏE !
ET VOILÀ, DÈS QUE JE PENSE À ELLE, JE M'EMPORTE !
MON CŒUR (DE JEUNE FILLE) SE RÉVEILLE !
ÇA MANQUE DE PUISSANCE !
ON RECOMMENCE !
YAAAH
IL DÉGAGE UNE SACRÉE DOSE DE VIRILITÉ ♡

J'AI CRAQUÉ, J'AI TOUT ACHETÉ !
C'ÉTAIT PLUS FORT QUE MOI ...
LoVe Tic
LoVe Tic
LoVe Tic
LoVe Tic
JE DOIS RETROUVER MON SANG FROID !
SINON, TOUT CE QUE J'AI CONSTRUIT JUSQU'ICI N'AURA SERVI À RIEN !
JE DOIS RÉSISTER, ENCORE ET ENCORE ...
ET ÉTOUFFER MES VRAIS SENTIMENTS !

DEPUIS CE FAMEUX JOUR, JE ME SUIS PROMIS DE RENONCER À MON VRAI MOI !
ASUKA ...
MAIS POURQUOI ...
Cute
LES GARÇONS DOIVENT ...
DÈS QUE JE PENSE À ELLE ...
SE COMPORTER EN HOMMES
MODÈLE
HI HI HI
ACHÈTE-MOI !
JE ...

* 1,72 EUROS.

** MANGAS POUR FILLES.

BOBOM
C'EST TERRIBLE...
DEPUIS QUE JE SUIS TOMBÉE AMOUREUSE DE LUI, JE N'ARRIVE PLUS À ME CONTRÔLER !

QUOI QU'IL ARRIVE ...
JE DOIS AGIR EN HOMME !
ET ÇA, MÊME SI ...
JE TOMBE AMOUREUX
AH LÀ LÀ ...
IL EST TELLEMENT FORT ET TELLEMENT VIRIL
IL EST CANON EN PLUS !
IMPOSSIBLE DE LUI RÉSISTER
L'INCARNATION SUPRÊME DE "L'HOMME IDÉAL"
MMH ...
PAS MAL DU TOUT, ÇA ♡

KYAAAA
TOI ! JE VAIS TE ...
VAS-Y, ARRÊTE !
CE MEC, C'EST ASUKA MASAMUNE !
MASAMUNE ?
OUI, LE CHAMPION DE LA LIGUE DE KENDO LYCÉENNE, IL EST AUSSI PREMIER DAN DE JUDO ET DEUXIÈME DAN DE KARATÉ(1) ...
GRRRRR
AH ... J'AVAIS OUBLIÉ, J'A PISCINE !
OUAIS, MOI AUSSI !
...
ÇA VA, TU N'ES PAS BLESSÉE ?
JE VAIS BIEN, MERCI BEAUCOUP !
À TOUT INSTANT ...

LES MEUFS, ELLES SONT LÀ POUR FER-MER LEUR GUEULE ...
!
VLAF
ET ACQUIESCER EN SOURIANT À TOUT CE QUE DIT LEUR CO...
HEIN ?!
DÉSOLÉ ...
MON BRAS A BOUGÉ TOUT SEUL
BADOUM

* AU JAPON, IL EST COMMUNÉMENT ADMIS QUE LES SUCRERIES SONT RÉSERVÉES AUX FEMMES.

BAM
OUAH !
IL EST VRAIMENT BALÈZE !
C'EST PAS LE CHAMPION DU JAPON POUR RIEN
EN PLUS, IL A TROP LA CLASSE !
J'TE LE FAIS PAS DIRE !
CAPITAINE ASUKA !
PERSONNE NE DOIT JAMAIS SAVOIR ...
* LITTÉRALEMENT "LE LYS D'ARGENT".
CE QUE JE SUIS RÉELLEMENT
Lycée Ginyur
ET ENCORE BRAVO !
À DEMAIN !
À DEMAIN !
SHHH
AH ...
DITES ...
SEM-PAI ...
GNN
ON A FAIT UN GÂTEAU AUJOURD'HUI PENDANT LE COURS DE TRAVAUX MÉNAGERS ...
KYAA
KYAA

...
ASUKA ...
MA... MAMAN ?
NON ! C'EST IMPOSSIBLE !
VLAF
TOI AUSSI, TU ...
BOUM
MAMAN ...
MAMAN ?!
ASUKA, JE T'EN SUPPLIE ...
NE DEVIENS JAMAIS COMME TON PÈRE
TOI ...
TU SERAS UN HOMME, UN VRAI !

LES FILLES AIMENT ...
TOUT CE QUI EST DOUX ET CE QUI BRILLE ...
CE QUI EST MIGNON OU SUCRÉ ...
LA CUISINE ...
LA COUTURE ...
LES HISTOIRES D'AMOUR ...
ET PAR-DESSUS TOUT ...

OTOMEN

OTOMEN

Sommaire

OTOMEN

VOLUME 1 AYA KANNO